不过神仙和没事妖怪

静岛 著

·桂林·

不过神仙和没事妖怪

BUGUO SHENXIAN HE MEISHI YAOGUAI

图书在版编目（CIP）数据

不过神仙和没事妖怪 / 静岛著. --桂林：广西师范大学出版社，2019.2（2019.4 重印）

ISBN 978-7-5598-1421-0

Ⅰ. ①不… Ⅱ. ①静… Ⅲ. ①故事－作品集－中国－当代 Ⅳ. ①I247.81

中国版本图书馆 CIP 数据核字（2018）第 271487 号

广西师范大学出版社出版发行

（广西桂林市五里店路 9 号　邮政编码：541004
网址：http://www.bbtpress.com）

出版人：张艺兵

全国新华书店经销

北京富达印务有限公司印刷

（北京市通州区路城镇前北营村　邮政编码：101117）

开本：880 mm × 1 240 mm　1/32

印张：6.5　　字数：140 千字

2019 年 2 月第 1 版　　2019 年 4 月第 2 次印刷

定价：38.00 元

序

——纪念与程静女士相识十八周年

蔡春猪 / 文

我管她叫程镁。

“镁”是一种非常活泼的化学元素，易燃易爆，燃烧时能产生眩目的白光，这点特别贴合她的个性。后来她发现我给她改名程镁，问：“你觉得我易燃易爆，一点就炸？”我不能说不是，但更不能说是，我避重就轻，说：“镁烧起来会产生一道美丽耀眼的白光。”她接着就问：“你倒是给我说说看，我怎么就烧起来了，我为什么要烧起来？”

我真不知道她为什么就烧起来了。

但是她烧起来的确会产生一道美丽耀眼的白光。

在习惯叫她程镁后，我就记不起来她的真名了。

我跟程镁是四年前在一个微信群认识的。当时我刚进群没多久，有人发了一篇文章，我看了后，嘴欠地做了点评：目前没发现错别字。她“呵呵”了一下。我接着点评：标点符号都在该在的地方。她又“呵呵”了一下……在我意识到这篇文章是她写的时候，她已经@了群主，质问：什么时候开始我们这个群什么人都能进来了？

我决定挽救我们的关系。

次日在群里，我说看到了一篇好文章，在介绍文章如何之好上，我处心积虑，用了八个形容词，三个成语，六个偏正词组，介词若干个。在确定大家胃口已经被吊起后，我当即把文章转发到群里。她说：“这不是我写的吗？”

我说：“是吗？”

她说：“呵呵。”

很长一段时间，我都害怕“呵呵”二字。

事实上，十八年前我们就认识了。2001年，一个名叫“万国马桶写作大会”的论坛横空出世，我是那里一道耀眼的白光，而她只是一个微不足道的中文系学生。后来论坛玩腻了，大家鸟兽散。多年之后，这些“马桶”老人通过微信，又重新聚到了一起。

我对她全无印象，但是她对我有着不一般的记忆。我们关系缓和后，她说，我在“万国马桶”上写的那些文章她当时都没看。光是那些文章的标题就足够让她不适、反感，以及觉得屈辱。（笔者曾经写过一些让人很不好意思的小文章，在此就不说了。）

“后来呢，你看了吗？”我问。

她没说话。

她不说话代表两种可能：她后来看过，她后来还是没看。

我就当她看过了。

“万国马桶”的成员找到组织后，这几年每年都会聚个两三次。“万国马桶”的群友陶然敏锐地发现——聚会总有人缺席，这次是这个，下次是那个，但是每次聚会程镁都在，都有她。

很怪。

“万国马桶”的大部分成员都在北京，聚会也都是在北京，而她的家和工作都在杭州。

每次聚会都有她，反推——如果她不在，我们就不可能聚会。这是为什么？

真相说出来有点尴尬：所有饭局都有一个不成文的规矩，谁发起谁买单。如果谁说，周末有时间吗，咱们聚聚？大家就会自动理解成，又有人请客了，好啊，不吃白不吃。所以，尽管“马桶”群每天聊得热火朝天，有时整宿整宿地聊，但迄今为止，她之外，没人说过这句话。大家都小心翼翼，大家都心照不宣。

我们这些“万国马桶”的老人，现在都人到中年，事业有成，有上市公司老板，有著名编剧，还有著名画家，混得好的人不少。但是，谁的钱也不是风刮来的，是不是？十来个人吃顿饭，要是那天赶上特能吃的陶然也在，千把块钱就丢出去了。

她每次在群里说："惨了，又要来北京开会。"大家就会一阵欢呼，因为，接下来她还有下一句："大家都在北京吧，我请大家吃个饭啊。"

有时她说："惨了，这次日程安排得太满了，可能没时间跟大家吃饭了。"大家瞬间沮丧颓唐。群里就数陶然机灵，于是这时陶然给她分析献策：会议几百号人呢，你偷偷溜出来吃个饭，谁知道啊。

有一年，秋天都快过去了，"万国马桶"一次聚会都没有……这个说法好难听，很尴尬，换个说法——

有一年，秋天都快过去了，她一次北京都没来。陶然秋膘还没贴呢，嘀咕着，她怎么回事，怎么还不来请大家吃饭……这个说法好难听，很尴尬，换个说法——

有一年，秋天都快过去了，她一次北京都没来，陶然开始担心了。"互联网安全大会""全球未来出行大会""智慧养殖应用与创新发展高峰论坛"……陶然上网搜了搜，妈妈呀，今年北京会议不少啊，她一个都没参加，出啥事了？不会是被单位开除了吧？

现在想起来，这就是心灵感应。就在陶然彻夜未眠之后的早晨，群里收到一条振奋人心的消息，她说："今年的会议有海南和北京两个选择，我还是来北京吧。"

2017 年北京最后一个秋日，陶然的秋膘，贴上了。

恭喜陶然兄。

每次饭局因她而起，绝对不是她买单的缘故，真相是，她太有亲和力、凝聚力了，大家心甘情愿团结在她身边。

程镁是个乖乖女，从小到大，没让父母操过心，但这不意味着，她内心就没有想法。在她还是学生的时候，居然就上了“万国马桶写作大会”，“万国马桶”那是什么地方，一群“牛鬼蛇神”。

乔治·奥威尔说过他的写作动机——在日常生活中遭到的挫折通过写作得到补偿。程镁很多次谈到，如果大学时离开家乡去外面上学，如果大学毕业接受了北京唱片公司的工作，人生会是如何？

她是心有不甘的。所以在程镁的小说中，你总能看到魔法、超能力、神仙妖怪，看到一些脱离了生活正轨的人物……在我看来，她把对现实的反抗，对叛逆和“坏女孩”的向往，不自觉地流露到文字中来了。

程镁是个机灵人，这体现在她的写作中，善于从已经被翻来覆去写透了的题材里找出一个新鲜的点切入。这本书讲的都是都市人的爱情故事。本来嘛，都市爱情，还有什么别人没写过的？她还真找到了别人没写过的，让一对神仙妖怪赋予凡人超能力，让普通人拥有了在爱情里作弊的可能。

让开了挂的凡人谈恋爱，是个不错的点子。她还想到让这对神仙妖怪不靠谱，给出的超能力有着种种限制和不足，由此引发出了人物不同的命运，而这类限制和不足，又往往是对现实生活中种种困难的象征和隐喻，这就是很妙的点子了。

在找到真爱之前不会老，但一找到就会老了——对方如果爱的本就是不老的容颜，该怎么办？

隐身出现在自己仍然深爱的前任身边守护，发现前任有性命之虞——一旦现身，对方就会把和自己有关的记忆全忘了，该怎么办？

能进入深爱的人心里刻下自己的名字，让他对自己不再三心二意——但刻字时他的心在流血在疼痛，该怎么办？

据说秦岚看了五分钟就拍板买下了故事的改编权，这些故事的确和市面上的大多数故事有些不同。

程镁是个语感不错的人，她的文字很女性，有着各种形容词、比喻句，对于写作来说，这是一件危险的事情，容易流于浮华，伤害到文字本身。好在她对自己有要求，采用的多是陌生感与精确度兼具的比喻。

爱人离开，纠结要不要去送行的女孩，她用闲笔写女孩的纠结，看到阳光打到地面上，“像玻璃碎屑，让她寸步难行”。

中年女人发现寻找伴侣很难，“觉得自己就是一条过了清明的刀鱼，浑身是坚硬的刺，仔细尝的话，可能还是有些鲜美的吧，但谁会有耐心冒着被卡住喉咙的风险，来挑点不再嫩的肉吃呢？”

同学会时曾经有过情愫的人见面，“内心那颗温柔朱砂痣瞬间被激活，成了蚊子咬过后的风疹块，痒得让人真想伸手挠一挠”。

这些形容和比喻，不仅有新鲜感，还有对世态人心的理解。

程镁是个善良而仗义的人，这除了体现在请客吃饭的问题上，还体现在她对人物命运的选择上。她对人性的恶有认识，经常不动声色地写出都市男女在感情中的自私残酷，但她往往不肯写到最后，忍不住要给人物一点安慰。

她一方面诚实表达了对爱情、人性本质上的悲观，像用钝刀子割肉那样写出某种平静、漫长的绝望，另一方面也总是善良地给出理解和安慰。所以看她的故事时总感觉是安全的，再不堪的结尾，再狠辣的人物，看完之后总会让人感到怅然和温暖。

还有一件事，要在这里表达对程镁的感谢。卡佛是我一生最爱的作家，对我影响巨大，但讽刺的是，我是四十岁之后才知道卡佛，读他的小说。

一次她问我："你是不是很喜欢卡佛？"

我以为她跟我搭讪呢，呵呵。

后来她又说："我觉得你跟卡佛很像。"

我问："卡佛是谁？"

程镁对于文学作品的鉴赏能力还是可以的，中文系的好学生嘛。

她把卡佛的书送给了我。那天开始，我的微信签名就成了"通县卡佛"。

程老师，谢谢你让我认识了卡佛。

另：文中的“陶然”系化名，其人真实姓名——只能告诉你，他姓徐。

另：不过“马桶”微信群里，确实也有个人叫陶然。事情就是这么巧。

笔者对以上内容的真实性负责。

对了，想起来了，她的名字叫程静，笔名静岛。

2018年9月11日

于俄罗斯圣彼得堡

目 录

爱到十分说三分 / 1

世上所有的糖 / 11

暂停大侠 / 21

关于那些难以开口的事 / 29

孤独的美食家 / 39

不凡者 / 47

任意门 / 57

遗憾然后微笑 / 67

不存在的爱人 / 75

欠了债的人 / 85

刻下我的名字 / 95

一个陌生女人的来信 / 103

后悔的，和不后悔的 / 111

当时的月亮 / 121
爱的七宗罪 / 129
好人寥寥 / 139
绿手指 / 149
爱比死更痛，或者反之 / 159
想爱几分是几分 / 169
囚云者 / 179
后　记 / 189

爱到十分说三分

赵林奕是个看上去非常普通的年轻女人，不高不矮，不胖不瘦，长得远算不上绝色，看起来倒还算舒服。日常打扮总在黑、白、灰、蓝里打滚，混在人群中就像一滴水落进海里，很难分辨得出来。

其实她很不普通。赵林奕今年已经三十八岁了，却长得不过二十五六岁的光景。刚认识她的人总是无法相信她的年纪，连她的家人朋友有时候看着她，都觉得像在看着个妖怪。赵林奕去派出所换身份证的时候，户籍女警愣了半天，偷偷摸摸查了很久资料，给她拍完照片后忍不住问："你是怎么保养的？打针吗？在哪家医院？"

赵林奕见怪不怪，大笑。但即使是大笑，她的眼角也没有皱纹，皮肤平滑，就像刚熨烫好的丝绸。不光是脸，她的脖子、手、胸、腿、脚——如果可以看到她全身上下，户籍女警会更惊讶——都是二十五岁的标配。

笑完，赵林奕认真回答："要做好事哦。"

听着像是答非所问，其实真的是实话。

二十五岁之前，赵林奕的确就是个非常普通的年轻女人。

她的初恋是在大学，男友中文名叫陈默来，是个ABC，长得高大俊朗，中文说得磕磕巴巴。赵林奕帮他补中文，一来二去，便避无可避地爱上了。因为知道半年后陈默来就要离开，两人又太年轻了，在开始的时候，赵林奕就明白这次恋爱有九成九的概率不会冲着婚姻而去，但越是这样，在一起的时光就越显得可贵。陈默来声调奇特的普通话、摊手耸肩的小动作、专注滑板的姿态、超越同龄人的浪漫体贴和天真幼稚，都让赵林奕无法自拔地迷恋。和陈默来在一起的日子，每一天都仿佛带着他家乡加州的阳光，那是浅金色、亮闪闪，体量庞大又轻若无物的快乐。

那年冬天下了一场暴雪，陈默来第一次看到那样的雪。赵林奕和他一起打雪仗、堆雪人，搂着在雪地上打滚。陈默来趁她不注意，往她脖子里塞了个雪球，冷得她一阵激灵。“你是第一个让我产生怕辜负念头的人。我特别害怕，又特别渴望。”他搂着她，用已经很不错的普通话在她耳边说着，脖子后与耳朵边的激灵让赵林奕浑身颤抖个不停，她觉得寒冷、害怕、绝望而又幸福。除此之外，他们心照不宣地没有谈到过未来。

半年以后，陈默来如期回国，赵林奕没有去机场送他。在那个离别的下午，赵林奕一开始是想去机场的，临出门的时候，她坐在宿舍的床上发呆，初夏的阳光穿透宿舍楼旁过于茂密的梧桐树打到地上，像玻璃碎屑，让她寸步难行。

人是无法精准描述，也无法真实想象爱情的，只有真的迎面撞上，然后又毫无挽回地失去的时候，才能明确那就是爱情。赵林奕爱过了，尝到了滋味，她觉得从此恐怕再也不会这样爱了。她像每个普通人一样，学满毕业了。

工作大半年，赵林奕被同事拉着参加饭局的时候遇到了后来的男朋友陶然。陶然大她四岁，是个安静、内向的公务员。聚会中，同事拿他们俩开玩笑，说他们很般配，陶然只是讪讪地笑，弄得赵林奕有点下不了台。聚会结束，出了饭店才发现下雪了，赵林奕紧了紧外套，缩着脖子走了几步，陶然开车追上了她。

“我送你吧，下雪了，很冷。”

“我喜欢下雪，走走挺好的。”

“上来吧，太冷了不好。”

赵林奕上了车。除了指路，两人一路并没有说什么，赵林奕下车的时候，陶然终于说话了。

“不好意思，我在那种场合不是很会说话，很呆的。”

“哦。”

“那个，你能给我你的手机号吗？”

“可以啊。”

这段恋爱，以这种毫不浪漫的方式开始了，赵林奕觉得很好。她已经见识过真正的爱情有着怎样摧枯拉朽的威力，能遇到一个在意你、希望你不要太冷的人就该满足了。

他们恋爱了三年，成了一对模范情侣。归根结底，一切人际交往的纽带都是交流，而交流需要一个共同的基础，需要际遇、智力、观念处于相似的水平面上，赵林奕和陶然恰好在相似的水平面，因此非常契合。赵林奕觉得他们是随时都可以结婚的关系。爱陶然吗？赵林奕也问过自己。生活中有他，比没有要好得多，这样也就可以了吧。普通人的爱情，大致就是这样吧。

二十五岁生日的晚上，赵林奕和闺密们在 KTV 庆生，收到了陶然的短信，说自己爱上了另外一个女人，“是真的那种爱，没有办法的爱，我们分手吧”。

赵林奕看到短信后措手不及，走到大门口给陶然打电话。她喝了一点酒，加上又颇看了一点韩剧，说的话如今想来是很呆的：“你不是说过会一直和我在一起的吗？你前几天还说过爱我。”

后来赵林奕恋爱谈得多了，自然也就明白，男人在下定决心要甩脱一个女人的时候，只求对方速速退散，特别是怯懦到会用短信分手的男人，再去复盘只是自取其辱。当时她还年轻，没有经验，蠢得正大光明又惊天动地。

陶然自然也很是崩溃，只能把刀子插得更深一点，求她速速死心：“谁规定说过的话都要做到的？现在什么年代了，都是爱三分说十分的，我就是这样的渣男，你就放过我吧。”

赵林奕呆着挂了电话，她猛然醒悟，世界上如果有一件事比被自己深爱的人抛弃更痛苦，可能就是被自己并不爱的人抛弃，前者是伤心，后者是耻辱。赵林奕完全不知道该如何应对，酝酿了一下，正要大哭，突然被人拉住了衣角。

“那个，不好意思，请问，这附近有鞋店吗？”

那是个穿着白色连衣裙的年轻姑娘，光着脚，脸上还有新鲜的伤，一道道浅浅的伤痕，像被树枝刮过。

赵林奕机械地给她指了指路：“那边有商场。”

“哦，那个，我知道说起来很难令人相信，但……你有钱吗？我刚跑出来，没带钱……你给我留个电话，我会还你。”

放在平时，赵林奕是绝对不会理这种莫名其妙的人的。那天她受了刺激，看到那姑娘一脸狼狈，无端地生出一种豪情，从皮夹里掏出所有现金塞到她手里：“拿去吧，买双舒服的鞋，想走多远就走多远。”

姑娘倒也不客气，立刻收下了钱：“你的电话是？我过几天就……”

“不用还了，人都没有了，要钱有什么用。”赵林奕按照自己的剧本开始演。

“你真是个好人。这样吧，我给你一个礼物。”姑娘想了想，“你刚失恋是吧？谈恋爱要趁年轻啊，年轻才容易被爱……就让你……让你在找到真爱前不会老，好不好？”

姑娘一只手搭着赵林奕的肩膀念念有词：“让你在找到真爱前一直像现在这样年轻。”说完挠挠头，“不过——我的魔法都是有‘不过’的，大家都叫我‘不过神仙’——在你找到爱你十分只说三分的真爱之后，你就会老了，老到你的年纪应该有的样子。”姑娘说完做了个类似巴啦啦小魔仙的动作，就自己走了。

赵林奕没有当回事，该哭哭，该醉醉，把现代人失恋该有的流程都走了一遍，而那个姑娘的事情就像个奇怪的梦，她根本没放在心上。

和陶然分手后，赵林奕醒悟了，把男人分成危险的和稳妥的，本来就是荒唐的。无论是和陈默来那种只求欢愉的燃烧，还是和陶然那种目的明确的相处，都可能迎来无法回避的离弃和背叛。人都是可怜的，可以爱的有几个，可以爱的有几年呢？她决定少想一点，多爱一些。这种决心一下，赵林奕脸上便自然地带上了某种不安的雀跃的美，让她很快又找到了新的男友。

这一次的恋爱延续了不到半年。半年的时间，已经足够身体欲望满足之后的餍足，开始伤感渐渐成为习惯性的敷衍。情人节的夜晚，在完成了烛光晚餐、看电影、互送礼物、开房等标准流程后，男友睡着了，赵林奕一个人起来洗澡。快捷酒店淋浴房的水龙头热水水压一贯不稳，赵林奕把热水开到最大，对着镜子梳开乱了的头发，水汽氤氲，镜子里的自己带上了一层朦胧的光，显得熟悉而又陌生。赵林奕像问一个陌生人一样问自己：你爱他吗？他爱你吗？这就是爱了吗？然后呢？问完之后，内心是无法填充的空虚，只有空虚本身是真实的、充盈的。两个月后，在男友提出分手时，赵林奕甚至懒得问理由。

一次，一次，又一次，赵林奕谈了很多次恋爱，遇到了，喜欢了，觉得差不多可以算爱上了，但又总是差了那一点结婚的勇气。有的是对方还没有做好安定下来的准备，而更多的时候是她临时感受到了那种真实的、充盈的空虚。后来，等赵林奕发现自己真的不老这件事，就更加感觉麻烦而无望了。

二十七八岁的时候赵林奕还没有察觉，等到三十出头参加同学会时，大家坐到一起，差距就太明显了，哪怕是精心打扮过的校花，和她一起拍照都显得吃亏。

“有什么秘诀啊？”这个也问，那个也问。

“没有秘诀啊，不停地谈恋爱，等找到可以嫁的人就可以老了。”

然而怎么找得到呢？每次听到对方说“我爱你”之后，赵林奕就忍不住要去照照镜子，看看自己有没有什么变化。镜子里每次都还是那张脸，永远二十五岁，无心无事，连毛孔都看不出来的光洁得无辜的脸。

一年，一年，又一年，时间走得很快，赵林奕很久没有恋爱了。父母已经不知道该怎么催她，同事觉得她有些妖气，老同学老朋友都忙着生孩子、养孩子、外遇、离婚、买房、炒股，只有她还是老样子，被尴尬地卡在二十五岁的身体里，只是眼神到底有些不一样了。

说不后悔是假的。无数次，赵林奕都想回到二十五岁生日那个晚上，对那个神秘兮兮的白衣姑娘说一句“你滚”。不老是一份珍贵的礼物,但能分辨爱的真假多寡,是一种可怕的诅咒。

三十八岁生日过了两个多月,陈默来回国,辗转找到了她。陈默来原本以为自己会看到一个徐娘半老的中年妇女，但赵林奕结结实实地给了他一个惊喜。

“你怎么会这么神奇？那么多年了，你一点都没有老。”

“大概在见你之前不敢老吧。”

“我老了，你看，有小肚子了。”

“没有啊，你也没有变。”

这当然是谎话。陈默来不可能没有改变，衰老还远远谈不上，但到底不年轻了，娃娃脸瘦削了下去，即使不皱眉，眉间也有一点淡淡的皱纹，脸部的胶原蛋白好像随着地心引力到了腹部。“滑板？老早不玩了，摔骨折你服侍我啊？”

然而赵林奕根本不在意。在重逢之后，赵林奕才明白自己这么多年始终在等陈默来，认识了那么多人，谈了那么多次恋爱，想见的只有他。想和他聊天，想和他肩并肩走在路上，想和他一起生活，等待了十几年，一直想做的都是这件事，原来只有这件事而已。

他们很快找到了当年的感觉，或者说，因为失而复得，比当年更为疯狂。像是为了报复十几年的分离，他们在很长一段时间里都处于接近疯狂的痴缠中。

“爱我吗？”赵林奕问。

“爱，很爱。”陈默来回答。

这样的问答，在他们之间重复了很多次。陈默来并不厌烦，他觉得赵林奕很可爱，快要四十岁了，仍然有着年轻的外貌，以及比外貌更年轻的心，他可真是赚翻了。

赵林奕则是免不了的失望，无论陈默来再如何情真意切地说“我爱你”，她依旧是老样子。但这又怎么样呢？就是他了吧，她等了十几年，遇到过的，最爱的，也就是他了，何况谁规定非要找到所谓真爱才能结婚呢？婚姻什么时候那么严肃过了？

就在去领证的前一天，赵林奕抱着陈默来，装作新鲜地听着他说那些说过的老笑话，突然看到他前额有了一根白发。她想，再过五年、十年、二十年，自己能接受他老了的模样吗？要如何对他解释自己不变老的原因呢？他能相信吗？如果不相信怎么办？如果相信的话，他能面对婚姻的真相吗？万一哪天，他说了“我爱你”之后，她瞬间衰老，他还会爱她吗？

赵林奕心怀迷惘、怜悯、哀愁和无奈，叹了一口气。陈默来误会了她的叹息，一把搂过她亲了下去。

完事之后陈默来搂着她，亲亲她的鬓角说：“我爱你。”赵林奕笑笑，已经不需要照镜子了，她知道，她的脸她的颈她的手她的胸她的腿她的脚，她全身上下包括她那颗心，不会有任何变化。

陈默来睡着后，赵林奕起来洗澡，洗完后对着镜子吹头发。镜子里的她蒙着一层水汽，唇红齿白，还真挺好看。她忍不住学着陈默来刚才的语气说了句“我爱你”。镜子里的她身上散发出淡淡毫光，然后如蝉蜕一般，褪去光洁的皮肤，变成了三十八岁该有的模样。

“原来世上能够爱我十分只说三分的人，只有我自己啊。”赵林奕笑笑，坦然老了。

他们没有结成婚。

世上所有的糖

一夜之间，赵林奕发现自己不再能忍受苦味。

苦瓜、黑巧克力、美式咖啡，这些赵林奕曾经喜欢的，她已经尝都不愿意再尝。她爱上了吃糖，各种各样的，硬糖、软糖、棒棒糖、水果糖、可乐糖、奶糖……

赵林奕在办公室的抽屉里偷偷放了一大罐子糖，有空就拿一颗塞到嘴里，体会糖融化后嘴巴里那种可靠的、温暖的、成本极低的甜蜜。有时候，在深夜，已经躺下很久了，她觉得从腹部升起某种空虚的疼痛，如果不赶紧塞一颗糖下去，简直彻夜难眠。

她的牙医张强提醒了她很多次："你是四十岁，又不是四岁，要学会控制自己。"

然而她真的控制不了。大概是生活太苦了吧，赵林奕分析自己，也笑话自己。

其实也没有拿得出手的苦来。比赵林奕苦的人多了去了，立交桥下睡觉的人、晚期癌症的人、车祸失去双腿的人、生来失明的人、晚年丧子的人……打开报纸的本地新闻版，随便都能看到比自己苦上十倍百倍的人。

但苦这个东西，真的可以这样量化换算吗？失去双腿的人与失明的人相比，哪个更苦呢？还能活三个月的人和无依无靠、生不如死的人相比，哪个更苦呢？说到底，每个人面对的，都只是自己的那份苦而已，哪怕旁人看来再是轻巧，对本人来说，就是百分之百的、无法逃避的生活。

赵林奕的苦，以前是源于找不到真正的爱。她从二十五岁到三十八岁，都在固执地寻找所谓真爱，爱到十分说三分的真爱，到头来总算明白了，人世间这样纯粹的、极端的爱，只有自己能够提供给自己。随着这份领悟而来的，是已经谈婚论嫁的男友的不告而别。

本来也就算了，难过了几个月，赵林奕一度以为自己想通了，爱不爱的，没有那么重要了，现代社会，婚姻早不是人生必修课了。看着身边的同龄人，为了孩子的升学焦头烂额，为了婚外那点经不起推敲的温柔闹得死去活来，她觉得自己活得好歹清静。赵林奕算了算自己的存款，觉得老了进个好一点的养老院，也不是完全不可以接受的。

直到某天深夜，赵林奕因剧烈的腹痛惊醒，支撑着去了医院。“阑尾炎，必须马上动手术。”她发现自己连一个可以签字手术的人都没有——父母都在老家，她不得不叫每年只会在过年时见一面的表姐来签字。

“你运气好，要是烂穿了，就有生命危险。独居的话，最好放一把钥匙在亲友那里。”医生告诉她。

全麻前，赵林奕躺在手术台上看着无影灯，玻璃上是无数个她，已经无可挽回地开始老了的孤独的自己。那一刻她想到，如果按活到平均年龄来算，这样的日子还要再过几十年。无边无际的孤独吞没了她，让她觉得嘴巴里很苦，苦得无以复加。她告诉自己，还是找个伴儿吧，甚至不需要两情相悦，只要可以互相容忍、相互支撑着过下去，哪怕只是用毫无意义的寒暄甚至争吵来填补人生空隙。用以安度晚年的伴侣，找一个吧，必须找一个了。

出院后，赵林奕就爱上了吃糖，也习惯了相亲。两年了，相亲两年了，赵林奕见了很多男人，四十出头的，五十出头的，从未结婚的，离婚的，丧偶的，秃顶的，啤酒肚的，好色的，贪小便宜的，猥琐的……她终于明白为什么人要在年轻的时候恋爱、结婚，倒不光是因为那时候荷尔蒙浓度高，可以投入地谈情说爱而不觉得肉麻，还因为那时候生活还未真正定型，还可以容纳他者的存在。

就像长江里的刀鱼，清明前柔若无骨，是无上珍馐，过了清明，全身上下的刺都坚硬了，看着还是一样，吃起来却要时时提防无处不在的刺，还能剩下多少乐趣可言？赵林奕觉得自己就是一条过了清明的刀鱼，浑身是坚硬的刺，仔细尝的话，可能还是有些鲜美的吧，但谁会有耐心冒着被卡住喉咙的风险，来挑点不再嫩的肉吃呢？这片水面如此辽阔，有选择权的男人，更乐意找那些骨头仍然软着的刀鱼吧。

何况，和她相亲的那些男人，大概是年龄的关系，何止是清明后的刀鱼，简直都是河豚，不要说相互温暖了，光是靠近而不刺痛她，都已经非常难得。

终于，到了第三年的时候，赵林奕遇到了一个她觉得不是河豚的男人。他叫郭驰华，和她偶遇在张强的牙医诊所。

郭驰华是高中语文老师，五十岁，离异，无子，有一套九十平方米的房，一部开了快十万公里的车，身高、样貌、家境都一般。但他很细心，出门会把拖鞋对齐头朝里摆好，衣橱里的衬衫外套按照颜色深浅挂着，做得一手好菜。“没有办法啊，离婚十来年了，什么都要靠自己。”赵林奕觉得郭驰华是个很好的过日子的搭档，简直可以看到退休后两人在阳台上晒着太阳，浇浇花、聊聊天的日子。

郭驰华有他的缺点，大概是在学校说了太多话的缘故，私底下是个出奇沉默的人。好在赵林奕已经见了太多的男人，郭驰华是第一个和她共处于沉默中却并不让她紧张和尴尬的人。大概还是喜欢他吧，或者，不好意思承认的，大概算得上爱他吧。赵林奕私底下庆幸着，郭驰华和他的沉默，仿佛冬季水面上的那层薄冰，寒冷固然是寒冷的，却在客观上为水底的赵林奕挡住了更大体量的、更为彻底的寒冷。从认识郭驰华开始，赵林奕自然而然地戒掉了吃糖的习惯。他们俩约会了几个月，很快领证了，张强包了个大红包给他们。

赵林奕没有想到，婚后，郭驰华的沉默加剧了。有时候她和他说着话，他的眼睛已经不由自主地看向窗外，冬天午后的日光照到他浅棕色的瞳孔里，转瞬就黯淡下去。不知道为什么，赵林奕总觉得这双眼睛里，越来越没有自己的影子。

婚后不到半年，赵林奕发现自己又无法克制地开始吃糖了。这次连张强都懒得劝她了：“你啊，怎么好了没几个月，又吃上了？”

“说不清，吃糖开心。”

“怎么了？结婚不开心啊？”

“说不上开心。张医生，你结婚多少年了？开心吗？”

“我啊，我没有结婚。不过我感觉，结婚这个事情，和开心没有多少关系的。这么想，大概反而能开心。”

真相的败露，也是在牙疼上。那天赵林奕上着班，喝了一口热茶，突然牙疼得难以忍耐，她顾不上给张强打电话预约，仗着自己是多年的顾客，也是朋友，直接冲到了诊所。那天本来不是休息日，诊所却关了门。赵林奕疼得不行，试探地推了推门，门无声地开了，她看到自己永远忘不了的一幕：郭驰华和张强正抱在一起接吻。

赵林奕目瞪口呆了半秒钟，然后她用最后的一点冷静轻轻掩上门，落荒而逃，跑得太快太久，停下来的时候忍不住呕吐。

她怀孕了。

“高龄产妇，不容易啊，恭喜你啊。孕酮有点低，我给你配点药。”

赵林奕没有拿药，她怔怔地从医院出来，这个孩子来得太不是时候了。如果早一点，在她不知道真相的时候，大概会很开心吧。郭驰华是个冷淡的丈夫，不代表一定是个冷淡的父亲，三口之家，天长日久的，总会过得越来越像个家。可她现在知道了。一定要分析自己的心理的话，赵林奕很难说清楚，内心更多的是愤怒、羞耻，还是仇恨。

这个孩子是要还是不要呢？不要的话，自己四十一岁了，应该是做母亲最后的机会了。要的话……赵林奕想到郭驰华和张强的那个吻，想到郭驰华慢慢没有温度的眼睛，不行，她觉得恶心。赵林奕想，她要回家拿着体检单去找郭驰华，她要告诉他她都知道了。她要去他学校，去找他八十好几的父母。她要做一切一切可以让他生不如死的事，正如她现在生不如死一样。

赵林奕走到半路，累了，从心底里升起的疲惫让她必须歇一下。她随意买了一张电影票，《捉妖记》，第一排的，不会有人坐在她身边，她可以把握时机好好哭一下，哭完了就可以回去打仗了。

电影很好笑，整个影院笑声此起彼伏，只有赵林奕一个人默默地流泪。她看着傻头傻脑的胡巴，发现自己开始心软了，要命的心软。这时来了个男人，一屁股坐到她身边。

“我说，反正你也不能要这个孩子，不如把孩子给我，我帮你好好报复你老公。”那人凑到赵林奕耳朵边，轻轻地说。

赵林奕呆了，她转头借着电影的光，看身边的男人：“你说什么？你是什么人？”

“唉，每次都是这样的对话，真的好烦，不说明又不行。我是个妖怪，我知道你的事。你怀孕了，老公是同性恋，你待会儿要回家去摊牌，你恨死你老公了，想让他身败名裂，不过这个电影一看，你又心软了，对不对？”

因为有遇到过“不过神仙”的经验，加上这个男人说的每句话都是除了自己，其他人不可能知道的，赵林奕倒是很快镇定下来了：“你要干什么？什么叫把孩子给你？”

“哈，我真喜欢像你这样干脆的人。把孩子给我，就是把孩子给我。”妖怪摸了摸赵林奕的肚子，“省了你的事情，不用上医院，不用吃苦头，答应我的交易，我就带着孩子消失。然后我可以帮你狠狠教训你老公，还有那个牙医。”

“怎么个教训法？”

“PLAN A，我让他们得绝症，令他们生不如死；PLAN B，稍微留点情面，我让你老公和那个牙医老老实实、痛痛快快把所有家产都给你，让你在这次婚姻里赚个几百万，下半辈子你过得小康，他们过得穷困潦倒，也是报仇。”

听起来很不错。不管是PLAN A还是PLAN B，只要想一下，就让赵林奕觉得痛快。赵林奕自问不是个恶毒的人，更不是个坏人，但人生偏偏对她这样不公平，他们俩选了她做牺牲品，当然要为自己的选择买单。不管是身败名裂地死掉，还是一无所有地活下去，都是他们在这样自私地毁掉她的生活后，应该付出的代价。

赵林奕在黑暗中笑了，人生在世，报应不爽，现在自己操纵了郭驰华和张强的命运，而他们还不知道，说不定还在嘲笑自己的轻信。

“想好了吗？选哪个？放心吧，我保证做得一点都不让你难受，没事的，我是有名的‘没事妖怪’啊。”

妖怪说着，赏玩地把手搭在赵林奕的小腹上。

赵林奕看着电影屏幕，胡巴正吧嗒吧嗒掉着眼泪。她错过了哪一段？它为什么哭得那么伤心？赵林奕觉得自己嘴巴里苦得不能再苦了，她知道这大概是因为她品尝到了人生所有希望被拿走后的真实滋味。好吧，随便哪个方案都可以，既然他们合谋拿走了她人生的希望，现在她也要让他们过得毫无希望。

赵林奕习惯性地剥了一颗糖，放到嘴巴里，想要冲淡那苦味。糖慢慢融化，一阵温暖的、可以依赖的甜味，让她觉得自己尚在人间。

“我想好了，我选 PLAN……”

这时，赵林奕觉得自己的肚子里有一阵极其微小的颤抖，那是她的孩子尝到了甜味后的第一丝颤抖。她的肚子里，现在生长着一个生命，一个和她一样的、爱吃糖的生命。

赵林奕忽然明白了，自己并不是一点希望都没有了，希望此刻正在自己的肚子里慢慢长大。每时每刻，越来越成形，越来越大的，希望。

赵林奕一把将妖怪的手推开：“你走开，我不需要你。”

“不要冲动，不要心软，你难道真的要为了那个同性恋生孩子？他从来没有爱过你，他……”

“我才不是为了他生孩子。你滚吧，我才不交易呢，我怎么可以拿我唯一有的，换我不需要的。”

“你需要什么，我们可以再谈条件……”

“你再不走，我就要叫人了，就要让你难办了。”赵林奕像一只母兽一样从牙缝里挤出低沉的声音，紧紧护着自己的肚子。

妖怪消失了。

“宝宝才刚满月，为什么突然说要离婚呢？”

“你真的不知道吗？”

“什么意思？”

“你和张医生，你们真的以为我不知道吗？”

郭驰华手上端着的鲫鱼汤差点就泼了，赵林奕看着他的眼睛，他浅棕色的瞳孔在她的注视下狼狈不堪地躲闪。在她怀孕、生产、坐月子的这一年，他尽力扮演了一个好丈夫，也的确是个好爸爸，她已经没有那么恨他了，但他们之间无论如何也不会有爱。关系里没有爱，可能可以毫无恐惧地一起走下去吧，但是这么一来就什么意义也没有了。

“离婚吧，你可以来看他，你还是他的爸爸，这辈子，这点不会变。你对不起我，不要对不起他。”

“林奕，我……”

郭驰华跪在床边，把头埋在赵林奕怀里号啕大哭。赵林奕小心摸着郭驰华的头发，已经有一半是白发了，她发现自己对他已经没有爱，没有恨，只有怜悯和痛惜。

宝宝忽然哭起来，要喝奶了，他们俩从难堪的沉默中醒来，郭驰华把孩子抱过来给赵林奕，赵林奕骄傲地感受着吮吸造成的疼痛。她从床头柜上的糖罐里找出一颗糖，剥开糖纸，放到嘴巴里，轻轻说：“这是妈妈最爱吃的话梅糖，你也能尝到甜味吗？”

半年后，赵林奕和郭驰华平静地离婚了。

后来每次郭驰华去看孩子，都会带各种各样的糖，他们的孩子，应该会尝到这世上，所有的糖。

暂停大侠

钱无奇是个老实人，而结巴加重了这一点。

因为结巴，从小到大，他吃了很多苦头。孩子们的世界是残酷的，谁有明显的缺陷，谁就是弱者，就活该被欺负。小学、初中、高中，同学们在结巴的玩笑上展示了足够的想象力和创造力。越是想得多，越是不敢说，在被迫开口的时候，就越是磕磕绊绊。恶性循环之下，钱无奇变得越来越内向、自卑、寡言少语，课余除了帮家里干点农活，就是去租武侠小说来看。

这样的学生，自然也不会是老师的宠儿，谁也不会喜欢一个站起来回答问题时大半时间都在嗯嗯啊啊不知所云上的学生。钱无奇读到高二时，差一点就和村子里其他高考无望的同学一起退学打工去了。但是他运气挺好，当时来支教的年轻女老师在作文课出了个题目，叫《我有一个梦想》。钱无奇想着他看过的武侠书，洋洋洒洒地写了一篇幼稚的小说，大意是自己机缘巧合，学了一身武艺，浪迹天涯，行侠仗义。女老师批改好了发作文的时候，凑近钱无奇说："你写得很好，要努力哦！"她披散的长发有一缕扫到了钱无奇的脸上，让他觉得浑身发痒。钱无奇看到自己的作文上写着："你想得很多很好，嘴巴跟不上而已，不用着急。"因为结巴被嘲笑了十几年，他很久没有哭过了，这一次却无法克制地开始哽咽，赶紧拿卷子挡住了自己的脸。这之后，钱无奇发奋读书，终于考上了大专。

钱无奇十八岁第一次出门远行，是到城里读大专。他长得无辜，身材敦厚，衣着朴素，一看就是个小地方来的实在人。别人的大学生活少不了上网、游戏、社团活动和恋爱，钱无奇则除了上课就是打工。没办法，家里穷，学费靠的是助学贷款，生活费全需要靠他自己的那双手。学校的助学岗、肯德基的兼职、超市的理货员、扫街的市场调查员，凡是给开工资又不违法的差事，钱无奇全干过，也都干得认认真真。可惜他结巴，长得又不讨喜，而老实么，往往又被当作窝囊的近义词，所以也找不到其他更有技术含量和发展潜力的工作机会了。三年时间一眨眼就过去了，钱无奇没有恋爱。他偶尔也会想到当年的那个女老师，以及那缕飘到他脸上的长发，但也仅此而已了。

二十一岁那年的夏天，大专毕业，钱无奇递了六七十份简历，参加了二三十次面试，终于留在城里，做了一个没有底薪的房产中介。

三年的市场营销课程让家里欠了四万块的助学贷款，但没有根治钱无奇结巴的毛病，往往同事已经打完一通电话，他还一额汗地在"喂、喂、喂，我、我、我，是、是、是"里绕圈子。得亏那几年刚好房地产市场蓬勃发展，他老实的外表和做派也能让客户放心，所以侥幸没有饿死。

虽然没有饿死，钱无奇照例很受了些欺负。尤其是店长，开始只是在业绩不好的时候拿他开刀，问候他祖宗十八代后问他有没有什么想解释的，钱无奇“我、我、我”的时候，店长也跟着“我、我、我”；后来发展到没什么事也要挤对他：“钱无奇刚刚那个电话打了十分钟吧，说了能有十句话吗？难得那个房东好耐心。”“钱无奇你们乡下计划生育吗？你爸爸妈妈有没有其他孩子啊？没有？那么想得开？”

这类所谓玩笑越来越残酷，和校园欺凌类似，在权威者的带领下，非但没有人叫停，反而愈演愈烈。同事们刚开始多少有些不忍心，后来习惯了，进而暗暗期待这种免费的娱乐，大家笑得没心没肺，爱表现的员工还会帮忙说上几句。最可恶的是把恶意用温暖的语言包裹一下，以另一种方式参与对他的凌辱。当一个团体一起做些残忍的事时，其中的个体是不会觉得自己在作恶的，负疚感最容易被“法不责众”消灭。

钱无奇对于被欺负已经有了足够的经验，并不太在意。最委屈的时候，他会想到女老师写的那行字：“你想得很多很好，嘴巴跟不上而已，不用着急。”每天回到群租房，钱无奇就开始看书，营销的、心理学的、房地产的，看累了就照例看点武侠小说，幻想自己是“十步杀一人，千里不留行”的侠客，口齿伶俐、条理清晰地对穷凶极恶的反派动之以情、晓之以理后，再赶尽杀绝。偶尔，极其偶尔地，钱无奇会想到女老师飘到自己脸上的那缕头发，那头发里是长了一缕风吗？那么轻巧、灵动。然后他会赶紧低头继续看书，是啊，不用急，不用急。

这天，钱无奇陪一个年轻女租客去看房，房子价格很公道，姑娘看完就打算签合同了。钱无奇看着姑娘年轻的毛茸茸的脸，还有那白裙下单薄的身子，侠义之心油然而生，忍不住说了实话：“其、其、其实，你、你、你不要吓一跳，这、这、这个房子，死、死、死过人。”

姑娘笑笑：“真的吗？怎么死的？死在哪里？”钱无奇倒是被她吓了一跳。

“你告诉我了，就做不成生意了吧？你为什么对我这么好啊？”

“我、我、我，不、不、不能骗人，骗人是不好的。”

“你可真是个好人啊。这样吧，给你一个礼物。你总是结巴对不对？你的结巴啊，是因为你想得太快太多，嘴巴跟不上造成的。”姑娘一手搭在钱无奇肩膀上，一手做着类似巴啦啦小魔仙的动作，“我让你拥有暂停时间的超能力，只要认真想三次‘暂停’，时间就能暂停一分钟，足够你想清楚该怎么说话了。暂停期间发生的一切，除了你没有人能记得，不过——我的魔法都是有‘不过’的，大家都叫我‘不过神仙’——你暂停时间的时候，不能留下证据，比如不能被监控拍到，否则你就永远失去了暂停时间的能力。”

姑娘说完，蹦蹦跳跳地走了。钱无奇感慨了下，如此清秀的姑娘居然是神经病，然后就回公司了。

这单没有做成，下班的时候店长照例又开始骂钱无奇了，同事们一边忙着一边竖着耳朵听笑话，来签约的顾客也看起了热闹。钱无奇酝酿着反驳的话，不由自主地清了清嗓子。

店长来劲了：“想说什么就说啊，我们店最民主了。”

钱无奇一开口，又“我、我、我”起来，忽然想到白天那个姑娘说的话，死马当活马医地默念“暂停、暂停、暂停”。

奇迹发生了，中介店里本来嘈杂的电话声、人声突然消失了，所有人都像蜡像馆里的蜡像一样保持着上一秒的模样：店长的手还指着钱无奇，嘴巴微张，唾沫星子在半空中悬停；去倒水的同事举着水杯站在饮水机前，饮水机的水不再往下流；正要签合同的顾客保持着拿笔的姿势……

原来是真的！一分钟，不，还剩大概五十秒，钱无奇赶紧组织语言，但是他太激动、太兴奋、太紧张了，无论如何想不清楚该说什么，于是他索性走到店长面前，狠狠扇了他两耳光。“啪啪”两声，脆生生的，扇得他手都疼了。

一分钟很快就过去了，整个店都结束了暂停的状态，店长照样在骂，同事们照样在忙碌，顾客们照样有问不完的问题……

店长觉得有点异样，摸摸自己的脸颊自言自语：“怎么那么痛？”摸完觉得更奇怪了，去厕所照镜子。

钱无奇忍着笑离开了。

这项超能力给了钱无奇很多的方便和乐趣。带顾客去看房的时候，顾客问了刁钻的问题，他就暂停时间来查资料，一个一分钟不够就十个一分钟；被店长臭骂的时候，他有时候会暂停时间，认真组织语言反驳，更多时候是干脆利落地揍他一顿出气；春运时在 12306 网站上抢票，他卡准时间，暂停了填完资料再按下刷新键……

因为有这个超能力帮忙，钱无奇结巴的毛病慢慢好了。本来么，最初只是一点小毛病，却被外界的种种刺激强化了，有了信心之后自然不药而愈。他本来就很用功，又天生长了一张让人信任的脸，表达能力跟上之后，业绩越做越好。渐渐地，店长不欺负他了，一来找不到由头，二来言语上占不到便宜，三来批评完他，自己身上经常莫名多点瘀青。“做人还是要多积德啊！”店长想。

两年后，公司提拔钱无奇做了店长。钱无奇赫然发现，自己已经很久没有用过超能力了。这年头城市里到处都是监控探头，别说抢银行、劫金店了，就是吃饭想逃个单也很可能被摄像头拍到，不值当的。何况钱无奇是个老实人，并不想用超能力做什么坏事。

这天，店里招聘，来了个大学刚毕业的女孩名叫苗玲苏，长发披肩，大眼睛忽闪忽闪，说几句话就脸红。钱无奇看到她的时候一愣，她和当年的女老师有五六分像。他从看到她时就喜欢上了，用了十几次超能力才勉强不结巴地结束了面试。

钱无奇从来没有追求过女孩，完全不知道从何处着手，但基本道理他是明白的。情场如战场，知己知彼方能百战百胜。暂停时间的超能力终于又有了用武之地。钱无奇常常暂停时间来偷偷了解苗玲苏的喜好，比如偷看她手机上的微博地址，加了偷偷关注；偷看她的豆瓣记录，了解她喜欢看什么电影、看什么书；偷偷看她团购了什么美食套餐，哦，原来她也喜欢吃辣……越是了解，越是觉得她和自己喜好相近，也越是喜欢。钱无奇虽然是个老实人，但到底是个男人，有次情难自禁，还暂停时间亲了苗玲苏的脸颊，亲完不过瘾，还想亲嘴。但是这是他的初吻啊，他不愿意初吻对象毫无察觉。

一眨眼小半年过去了，在暂停的时间里，钱无奇已经很了解苗玲苏，并且更加喜欢她；在没有被暂停的时间里，钱无奇和苗玲苏只是正常的上下级关系。如果非要说有那么一点不同的话，苗玲苏很信任钱无奇，遇到难缠的客户会和钱无奇商量，偶尔也会和他聊起自己的琐事：爸爸妈妈又为了该去哪里旅游拌嘴了；自己养的金鱼没能熬过梅雨天；有女同学结婚要她当伴娘，可礼服很难看……钱无奇几次想约苗玲苏，又怕会吓到她——他已经了解，她也是个老实人。

这天清早，上班路上，钱无奇正要过斑马线，看到前面走着苗玲苏，她身边是个高高大大的男人，两人说说笑笑。钱无奇心中一痛，低下头，突然听到跑车特有的轰鸣声，抬头一看，一辆红色跑车发疯一样向斑马线冲来，眼看着就要撞到苗玲苏他们。

暂停！暂停！暂停！

钱无奇看看路口，起码有三个探头，他知道他身后的银行门口也有两个探头，路上还有两个治安探头——他平时都下意识数过。怎么办？

还能怎么办？难道眼睁睁看着喜欢的人被撞飞？哪怕是陌生人也不行啊。能暂停时间又怎么样？如果只能在暂停的时间里了解她，走近她，亲吻她，又有什么意义？她什么也不记得。而不记得的事情，等于没有发生过。

钱无奇想明白了，他冷静地暂停了好几次时间，把苗玲苏和男人，以及跑车可能撞到的其他人都移到了安全的位置。

车子呼啸而过。

苗玲苏和男人被汽车引擎的轰鸣声吓到，回转身，看到了一额头汗的钱无奇。

“店长，这车开的，好危险啊。”苗玲苏说。

“这就是你经常说起的店长啊。”男人对钱无奇微笑，“我表妹经常说起你，说你是个非常好的人。”

苗玲苏的脸红了。

钱无奇挠挠头，笑了。

钱无奇是老实人，但不是笨人。

钱无奇老实，但不窝囊。

而老实人的运气，很奇怪地，往往不会太坏。

关于那些难以开口的事

同学聚会这个东西，在工作几年之后，就难免地成了4D版朋友圈。

女同学们提早几天就挑好了衣服，拿上最贵的包，认真化好妆；校花、班花更是紧张，有种要卫冕花魁的好胜心。男同学有奥迪及以上档次车型的难免睥睨自雄，哪怕聚会地点离家只有八百米也必须开车参加；相比之下，刚刚鼓起来的肚子和慢慢少下去的头发算得了什么。

大家谈到当年，自然也是有真心在的。当年多好啊，那点学业的压力，与现在的房价、升迁、股票涨跌、孩子学业比起来根本算不了什么。聚会几次之后，所有与过去有关的笑话都聊过了，但永远还是会有人聊。怀旧这件事，在没有真正衰老之前，是只有清甜，没有残酷感的。

最微妙的是那些曾有过淡淡情愫的人。回忆当年，再看看眼前，内心那颗温柔朱砂痣瞬间被激活，成了蚊子咬过后的风疹块，痒得让人真想伸手挠一挠。如果再遇到几个看热闹不嫌事大的人煽风点火，真发生点什么故事也是难免。

同学聚会是有特效的，没有《007》电影上天入地那么夸张，大概也就是美颜相机级别的，源于生活，略美于生活，大家心知肚明，暗暗带着点比较和较劲。特别在意的人嘴上说着“看到大家都过得很好，我就放心啦”，内心难免是“看到大家都过得没有我好，我就放心啦”。

包月雅就是这样的人。读书的时候她是校花，美得不行，毕业之后做了公务员，早早买了房买了车。每次同学会包月雅都是必到的，她舍不得错过展示自己人生赢家身份的机会。

只是最近几年，包月雅的胜利中有瑕疵了——今年她二十九岁了，还是没有结婚，虽然保养得宜仍有艳光，但到底不比当年。她不是没有选择的机会，从十几岁开始就一路有人追。这样的女人，不太容易坠入情网，一方面是习惯了被宠，不会只因为被爱而去爱；另一方面，有时候选择太多也不是好事，过尽千帆，到底只能上一艘船，万一上错了、嫁亏了，岂不是让别人看笑话。

又是一年同学会，女同学们都围在一起开始聊育儿经了，偶尔问问包月雅：“什么时候吃你的喜糖啊？别太挑了，男人么，结了婚都一样的，太晚生孩子恢复慢，可惜了你的好身材。”包月雅摸着新款宝格丽的尾戒，脸上还是笑着的：“还在挑，结婚么，不是跑步比赛，谁先到终点谁赢。”“那是那是，其实我们很羡慕你的啊，多自由啊。我们啊，想睡个懒觉都没机会……”

这种淡淡的以退为进的奚落，包月雅自然是听得懂的。她觉得没趣，正要找个由头先走，没想到苗玲苏来了。

苗玲苏是包月雅在高中时唯一的闺密。每个高中女生都需要一个闺密，一起吃饭，一起上厕所，一起跑八百米，一起做作业，一起聊男生……苗玲苏和包月雅就是这样的关系。每个美女在挑选闺密的时候都会不自觉地挑一个不那么好看的，一来是烘云托月，衬托自己的美貌，二来是太好看的女孩都被宠坏了，两个同样美的女孩很难互相包容。苗玲苏属于长得清秀可人，又内向温柔的类型，包月雅选她做闺密的时候，苗玲苏简直有点受宠若惊。

这段友谊的开始是有点不那么纯粹，但日子久了，包月雅还是真把苗玲苏放到了心里去的。回头再看，十七八岁当然是人生最美的时候，但处在其中的人是不会这样觉得的。被课业、身心成长不同步等折磨的两个女孩，如同初到原始森林谋生的小兽一般，被黑暗中隐隐的危险压迫着，在机缘巧合下互相吸引、越走越近、依偎取暖。

她们是颇聊过一阵心事的。那一步，还是包月雅先迈出去的。“我爸爸妈妈再过几个月就可以离婚了。”体育课，正在单杠上翻来翻去时，包月雅突然来了这么一句，苗玲苏差点摔下来，又明白事关重大，故作镇定很平淡地回了一个“嗯”。

包月雅的父母都有了外遇，他们在无数次吵架之后说好了，等包月雅考上大学就离婚。这件事情压在包月雅心上，快把她压垮了。脱口而出之后，她马上就后悔了，毕竟是个骄傲的人，不愿自己的伤口被人看到。只是，这个伤口太疼了，说出来好像舒服了一点。

“其实我爸爸妈妈也一样，真巧呢。”苗玲苏从单杠上翻下来，拉着包月雅的手说，“我都懂的。”

这句“我都懂的”，让包月雅心里的石头落了地，这段友谊也因此进入了更为纵深的领域。只是高考后苗玲苏去了外地读书，两人渐渐断了联系，她们很多年没有见面了。

苗玲苏不是一个人来的，她牵着自己的老公，对大家介绍：“我老公，钱无奇，难得回老家一趟，他也没有什么认识的人，就跟着我来了。”

包月雅和苗玲苏见面，两人都是很开心的，少女们友谊中的那些推心置腹短暂地复活了，多年不见，两人坐下就开始聊天。苗玲苏和钱无奇一直牵着手，包月雅看得笑了：“你们新婚啊？”

苗玲苏说：“不是，结婚三年多了，他比较内向，人多就紧张。”一边说一边朝老公看，钱无奇朝包月雅点点头。

“你们怎么认识的啊？”包月雅问。

“哈哈，他是我上司。”苗玲苏一边说，一边拿胳膊肘捅钱无奇，“名片呢？”

钱无奇掏出名片递给苗玲苏，苗玲苏拿了笔，在背面写上一串数字：“这个是我的手机号。最近我们在这里也开了分店，他过来待个小半年先盯着。”

包月雅接过名片一看，吓了一跳，钱无奇和苗玲苏开的房产中介店已经颇有些规模，她想起来了，在她家边上也正有一家在装修。

包月雅看着苗玲苏，还是当年那种清秀的模样，穿着打扮是精致的，到底也是快三十岁的人了，脸已经有了一点点的松弛。

苗玲苏起身去和别的同学打招呼，钱无奇坐在包月雅身边，有点尴尬地没话找话："你就是包月雅啊，我常常听苗苗说起你。"

"哦？都说了我什么啊？"

"说你们是最要好的朋友，说你是校花，特别好看。"

"哪里哦，老了老了。"包月雅低头，毫无必要地撩了撩头发，"老了都一样。"

"没有老啊，她没夸张，是好看。"钱无奇一板一眼地说。

包月雅抬眼朝钱无奇看看，他的脸板正着，没有什么表情，像是个老实人。

那天聚会苗玲苏和钱无奇来去匆匆，说是还要去巡店。他们走了之后，同学们难免议论了几句，说这对倒是很般配，看着感情就很好。"苗玲苏挑老公的眼光还真不错，包月雅，你要加油咯。"

这话砸在包月雅心里，一个字一个坑。

包月雅就此落下了心事。她加了苗玲苏和钱无奇的微信，看他们在朋友圈晒的到各地旅游的照片，一样样研究苗玲苏戴的表、挎的包、穿的鞋、买的衣服……包月雅大致知道了苗玲苏的生活层次，那已经是她拔腿追也追不上的了；她身边那些追求者，很遗憾地，没有提供这种层次消费的能力。

有钱也就算了，钱无奇的朋友圈更让包月雅生气，除了工作全是苗玲苏，天底下居然真有把老婆当块宝的男人啊。包月雅自问谈了很多次恋爱，也算是阅人无数，却从来没有见过这样一心一意的男人。“愿得一人心，白首不相离”之类的话，她看了就要冷笑，天底下根本没有这样的好男人吧。她自以为看透了，看透了有看透了的好处，遇到些三心二意的男人时不至于没有防备或太过失望。而如今，她突然发现原来世上还是有这样的好男人的，只是，这好男人不是自己的。

人是最怕比较的，尤其是知根知底的人。看着当年不如自己的人，如今却过得比自己好，包月雅恨得牙痒痒。凭什么呢？论相貌、论学业，苗玲苏处处不如自己。包月雅深夜躺在床上，觉得苗玲苏过的日子是自己该过的，而她不过是运气好，嫁得好，真是不公平。她简直是抢了原本属于自己的一切。

这种嫉妒啃噬着包月雅的心，让她浑身不自在。包月雅找了个由头，说是要出租一套老房子，顺理成章地和钱无奇联系上了。钱无奇对这笔小小的业务很是上心，盯着下属帮包月雅租了个好价格。

“谢谢你啊，钱总，我晚上请你吃个饭意思一下。”

“不用了，苗苗的朋友就是我的朋友，应该的。”

“既然是朋友，吃个饭也没什么，除非你不当我是朋友。”

话说到这个份儿上，钱无奇不答应也不行了。

挂了电话，包月雅就去买衣服了。她在店里挑来挑去，选了一条特别显身材的大红色连衣裙，又去找搭配的高跟鞋。鞋店的年轻男店员被她支使了大半个小时，才选到一双最合她心意的尖头镶水钻细高跟鞋。

包月雅穿上鞋，看着镜子里的自己，很是满意。

“好看吗？”包月雅问店员。

店员吹了吹自己挑染的蓝色头发：“好看。不过……”

“不过什么？”包月雅问。

“不过再好看也没有用。钱无奇是个死心眼，只看得上他老婆。”店员歪着嘴笑。

包月雅吓了一跳，原地崴了脚：“你说什么？”

店员过来搀包月雅坐下：“我啊，我是个妖怪，你在想什么我都知道。”包月雅坐着揉揉脚踝，还是感到难以置信：“不知道你在说什么。”

店员坐到她身边：“你不就是想勾搭苗玲苏的老公吗？他是个实在人，如果我不帮你，你搞不定的。”

心事被赤裸裸地说出来了，不由得包月雅不信。

包月雅冷着脸：“你能帮我？怎么个帮法？”

妖怪欣赏地看着包月雅：“我们来做个交易吧。我要你的美貌，不是一下子就拿走，而是分期收款，用一年时间慢慢变得不好看。也不会变成丑八怪，只是变成和你的心般配的外貌。没事的，放心，我是有名的没事妖怪啊。”

包月雅摸摸自己的脸：“你要的倒是不少。你能给我什么？”

妖怪说：“公平交易，童叟无欺，你可以选哦。PLAN A，你勾搭上钱无奇，这件事让苗玲苏也知道，不过他们不会离婚，你就只是路过他们的婚姻一下。”

包月雅冷笑一声："这有什么意思，损人不利己。"

妖怪歪着嘴笑："嫉妒嘛，本来就是损人不利己的。你不就是想让苗玲苏不痛快吗？这么做她绝对不痛快。"

包月雅被气得脸都青了："我不是要她不痛快，我没有那么坏，她是我的朋友……我……我只是很喜欢钱无奇这样的好男人。"

妖怪哈哈大笑："这样啊，真爱是吗？那更好了，PLAN B肯定适合你。你可以勾搭上钱无奇，他也会真的爱上你，为了你离婚，不过要净身出户，以后他再也发不了财。"

包月雅听了这两套方案，咬着嘴唇没法决定。

妖怪帮她包好了鞋子："很难选择是吧？不甘心是吧？觉得自己可以人也要钱也要，不痛快也能给人家对吧？漂亮的人果然贪心。我等你一天，你想明白选哪套方案就来找我。"

包月雅的确不甘心，妖怪的交易条件那么苛刻，她宁愿自己来。

那天晚上，包月雅打扮得无懈可击地去见了钱无奇，但是很快她就发现妖怪说的是对的,钱无奇的确对苗玲苏一心一意，包月雅用尽力气挑起各种话头，绕来绕去总是被钱无奇绕回到苗玲苏身上。大概，大概只能去和那个没事妖怪谈交易了吧，包月雅想，到底是PLAN A好呢，还是PLAN B好呢？和自己内心般配的外貌，会是什么样的呢？包月雅想到就觉得不寒而栗，付出那么大代价，到底是让苗玲苏失去婚姻的完美无缺感好呢，还是让自己得到一个不再有钱却一心一意的男人好呢？

包月雅一边想，一边听着钱无奇聊苗玲苏："苗苗的爸爸妈妈最近去欧洲玩了，他们两个说要趁着我们还没有要孩子，抓紧时间一起周游世界……"

等等，爸爸妈妈？一起周游世界？

包月雅问："苗苗的爸爸妈妈后来没有离婚吗？"

钱无奇很奇怪："离婚？为什么会离婚？他们感情好得很啊。我听苗苗说，他们结婚几十年了，连吵架都没有过。"

包月雅呆了，她想到当年苗玲苏抓着自己的手说的那句"我都懂的"。那句话之后，她终于可以说一些只能说给苗玲苏听的话：爸爸藏的存折被发现了，妈妈男友的老婆来家里闹了……她还依稀记得苗玲苏也绘声绘色地描述过父母的争吵，聊到伤心的时候，两个人也曾经抱头痛哭过。

一个人无法言说的不幸就只是不幸，而两个人类似的、不足为外人道的不幸却成了彼此的安慰。那段最艰难的时光，如果不是苗玲苏的那双手，那些陪她一起流过的泪，还有那句"我都懂的"，自己不知道会是什么样子。也许，一切都不会改变；也许，一切会变得更难以忍受。天哪，苗苗，她对真相只字不提，只是尽了最大的努力，帮自己分担了那些年少时难以承载的心事。

包月雅忍不住哭起来。钱无奇吓坏了："你怎么了？"

包月雅说："没事，想到苗苗了。很多年没有和她说过心事了……她是我最好的朋友，我说，你要好好对她，不然会有报应的。"

孤独的美食家

城中所有新开的餐馆，都像旧时新婚之夜等着男人来挑开红盖头的女人一样，又期待、又忐忑、又害怕地等着李襄澜上门来试吃。

李襄澜是个笔名，TA是美食评论届的大拿，以客观精准的点评著称，对不靠谱的餐厅刀刀见血、刻薄有趣，对优异的餐厅不吝夸奖，推荐的点菜秘籍既实用又有格调，而且，除了正大光明地转发广告，从来不曾被收买写软文。

有时，李襄澜也会在微博上晒出私家菜流程图，仔细讲解步骤，其用料之精、刀工之佳、火候之妙、配料之奇，真是叫人心服口服，哪怕是曾被TA痛骂过的厨师，也忍不住要学上几招。

如此实用又好看的美食微博，几年经营下来，已有上百万的关注。城中稍有些觅食常识的人都喜欢跟着李襄澜的点评选择餐厅，夸张一点说，TA对于餐厅简直有着生杀予夺之权。

每家餐厅都对李襄澜日防夜防，只怕一个不小心，被TA写出“人均500元起跳的西餐馆，牛排来自麦德龙超市临期特卖专柜无疑”“鱼汤之寡淡让人为这条鱼无意义的死亡及自己所掏的168块钱感到痛惜”“龙井虾仁之龙井为前年陈茶但与速冻虾仁倒是般配”之类的大实话来，惹得生意一落千丈。而对自家水准有信心的餐厅，往往开业伊始便在微博上深情呼唤“欢迎李襄澜随时来探”，倒也算是极好的宣传语。

不管是读者还是餐厅，对于李襄澜几乎都一无所知，TA到底是男是女，是胖是瘦，是老是少，没有人知道。

有几家吃过大亏的餐厅老板们闲来气不过时嚼舌头，说李襄澜肯定舌头极长，味蕾才会敏感得惊人；大概还长着一对铜铃似的大眼睛，所以对任何纰漏都有着超强的洞察力；如此刻薄不饶人，嘴巴必然薄如纸片；耳朵应该大而兜风，没准还能扇动，后厨间的私下对话好像也逃不过TA的耳朵。总之，应该是个怪物。

李襄澜的确曾经长得像个怪物。

那是四五年以前，她还是个叫李燕的普普通通的公司出纳，家境一般，好歹吃穿不愁，又找到了男朋友，两人双休日总往中介跑，想找一套好学区的婚房。但就在一夜之间，她的父母都被查出得了癌症，一个是胃癌，一个是肺癌，都是晚期。李燕永远忘不了那段绝望的日子，为了治疗，她卖掉了家里唯一一套房子，每天在肿瘤医院的不同楼层间奔走。忘了是拿到第几张病危通知书的时候，她收到了男友发来的短信：对不起，我们还是分开吧。李燕没有哀求对方，这种时候要离开的人，对于她来说就是死了的人。她还有活着的父母要照顾，她不能垮，她连哭的时间都没有。可是不管她怎么努力，半年内，父母都撒手而去，绝望的她选择了用吃来疗伤。

李燕用几个月的时间，把自己吃成了身高一米六，体重一百六十斤的大胖子。坐公交车的时候有人给她让座；每条裤子的大腿内侧都磨破；脚胖了三码；睡觉有时会被自己的呼噜吵醒；一手端着超大杯可乐，一手拿着大份薯条走在路上都能够清楚感受到他人嫌弃的目光。

无所谓，真的无所谓了。那时候的李燕，不停地感到由内而外的饥饿。她也明白，是心的空落转移到了胃中，别无选择，只能任由自己淹没在食物提供的温暖安慰里。胖就胖吧，吃那么多，胖也是没有办法的。谁叫她只能在吃的时候感受到一丝满足，感受到自己还活着，而活着还有那么一点点动物性的乐趣呢。

有天下班的时候，突然下起了雨，李燕撑开伞，发现前面有个穿着白色连衣裙的女孩在雨中慢慢走着，背影看着有些寥落。李燕犹豫了一下，快走几步，上前帮她挡雨。

女孩抬头笑了："谢谢你。"

李燕看女孩脸上有着某种她熟悉的绝望，不由得多问了一句："怎么了？不开心？"

女孩说："嗯，觉得自己的存在一点意义都没有。"

李燕明白这句话背后的痛苦，她想了想说："我请你吃冰激凌吧，吃了心情会好一点。"

女孩和李燕一起吃了超大份的冰激凌。吃完女孩摸摸肚子说："好像真的开心一点了。"

李燕说："是啊，吃是最开心的，不过就是要注意，别像我这样，胖得没法收拾了。"

女孩点点头："你真是好人。我送你一个礼物吧。"说着，她一手搭着李燕的肩膀，一手做着奇怪的动作，"我让你能从食物里得到最大的乐趣，而且怎么吃都苗条。不过——我的魔法都是有'不过'的，大家都叫我'不过神仙'——哪天你觉得别的事物能给你更大乐趣的时候，我的魔法就失效了。"

李燕自然没有当真。和女孩告别后，回家路上她还买了一只烤鸡，自暴自弃地吃得干干净净后睡着了。

第二天早上，奇迹发生了，李燕发现自己一夜之间掉了七十斤肉。她把自己掐出了好几块瘀青，才确信不是在做梦。这样的巨变让她没法去上班，干脆在电话里请了一个月病假说去减肥，一直同情她的领导破例同意了。

与此同时，李燕发现自己的味觉、嗅觉都不同了。她就像是武侠书上写的被打通了任督二脉的主角，任何食物，只要尝一口就知道原料的好坏、新鲜与否，就能说出制作的配料、火候与烹饪步骤。吃对李燕来说，变得有着几乎无穷的乐趣，而且毫无负担——她怎么吃还是九十斤，一斤不多，一斤不少。没几天，到各个餐馆吃东西已经无法满足她对食物的热爱，她买了一堆烹饪书，按图索骥，做得有模有样，很快发现自己能在前人经验上优化创新，做出更为可口的菜肴来。

一个月后，李燕回去上班，女同事几乎把她的办公室给挤爆了，各个都来问减肥经验，她只能含糊其词。“肯定是做了缩胃手术了。”同事们背后议论。

也就是从那时候开始，李燕取了李襄澜的笔名开了微博，开始分享她的美食经。毫无意外地，她红了，红的速度太快，几个月后，她发现转发一下广告就能轻松养活自己，于是顺理成章地辞职，做了专职美食评论家。

李燕的日子从此过得异常简单，出去吃饭，出去买菜，回家做饭，回家写微博。越来越红了以后，去餐厅她会注意尽量挑选人流量最大的时段。她长着一张没有什么特点的脸，点菜时也故意点得颠三倒四，总是断断续续分几次去试吃招牌菜，所以从未被人识破。

这四五年对李燕来说，是不错的四五年。是的，父母的过世、爱人的离弃，对她来说仍然是无法下咽的痛苦，但在食物里获得的乐趣，和分享这些乐趣带给她的回报，足够支撑她过下去了。

但也只是过得下去而已。李燕牢记那个神秘女孩曾经说过的，如果她觉得别的事物能给她更大的乐趣，她就会失去宝贵的超能力。

李燕不敢去旅行，她怕旅行带给她更大的乐趣；不敢去看电影，怕电影带给她更大的乐趣；不敢去运动，怕运动带给她更大的乐趣……李燕总是独来独往，和旧友渐行渐远，更不敢交新的朋友，她害怕在和他人产生联系、交流沟通中感受过大的乐趣。

如果说最初，食物是帮李燕挡住世界残酷那面的保护网，如今，食物已经成为挡住她和世界其他美好那面的高墙，墙里安全、稳妥，但是孤独。

有天晚上，李燕去试吃一家新开的粤菜馆，生意太好，店家安排她和一个男人拼桌。男人和李燕不约而同都点了海南鸡饭。

等上菜的时候，男人看到李燕的手机壳，朝她笑笑："这是我们公司做的设计。"

李燕也笑笑："花样很耐看，也蛮耐摔的。"

男人很开心："这个图案我做了两个通宵，看着简单，还是很花了心思的。"

这时两份海南鸡饭上来了，男人冲李燕说："看着就很好吃啊。"说完埋头吃起来。

李燕也开始吃，是还不错，本地鸡，生熟刚好，入口嫩滑，不带血丝，米饭也香，鸡油炒的。

李燕抬头看男人，男人吃得热火朝天，额头上微微冒汗，很是满意的样子。这时男人也抬头看她，不好意思地说："太忙了，中饭忘记吃，真挺好吃的对不对？"

李燕递了一张纸巾给他："是很好吃。"其实配的老抽差了一点，甜度不够，但看着男人吃得那么香，这话她无论如何也说不出口。

他们一边吃，一边聊了几句，关于附近新开的韩国料理，以及闭店装修的杭州菜馆。男人也爱吃，听得出吃的段位不低，不出意料的，是李襄澜的铁粉。男人风卷残云地吃完了，叫了一份红豆刨冰。店家端上来的时候，配了两把勺子。

男人说：“不介意的话，一起吃吧，反正我也吃不光。”

李燕笑笑，她忽然想到自己已经很久没有和人一起吃饭了。有人陪着吃饭、聊聊天的感觉，真是舒服，和这份海南鸡饭一样让人舒服，不，比这份海南鸡饭还要让人舒服呢。她拿起勺子尝了一口，红豆冰里的奶淡了，但是，她不介意。

吃完以后，男人坚持要请客：“因为和你聊天很有趣，你很懂吃，说话也很有意思，很久没有吃得那么开心了。”

李燕没有坚持，她觉得自己的内心被一片久违了的温柔笼罩着。

走出餐厅才发现外头下着大雨，男人没有带伞，李燕犹豫了一下，打开伞说：“我送你去地铁站吧。”

在地铁站告别的时候，他们互相加了微信。

“我叫汪晓东。”

“我叫李燕。”

两个面对面站着的人，对着手机煞有其事地互相介绍着自己，有点冒傻气，但任何年纪能够为了他人冒傻气总是美好的。李燕打完字之后抬头看着汪晓东，汪晓东也正看着她。她不知道他眼里的自己是什么样的，而她眼里的他，是亮晶晶的，身边来来往往的人因为这亮晶晶忽然没有了声音。告别的时候，李燕不知道自己说了点什么，整个世界都哄哄乱响着，她只知道自己应该是在笑，傻笑。

刚要进家门——李燕半年前终于存够钱给自己买了一套房

子——汪晓东给她发了微信：“下次请你吃扬州菜怎么样？我看到李襄澜推荐过一家好馆子。”

李燕抖落雨伞上的水，开了门，换了鞋，没有开灯，在黑暗中坐了一下。黑暗让她冷静了下来，城市的夜色透过窗帘打进家里来，父母的遗像在墙上端端正正看着自己。李燕忽然想到了那天，收到前男友分手短信的那天，是黄昏时分，她站在重症监护室外的走廊上，楼道上的灯还没有打开，暮色从走廊尽头的窗口斜斜打进来，窗外是繁忙城市的温度和喧嚣，而从那时候开始到现在，她都是一个人。

李燕忍不住哭了起来，几年前该哭的，欠了自己很久，终于还是哭出来了。

哭完，李燕回复汪晓东：“好啊，随时。”

躺在床上，李燕产生了淡淡的欢喜和惆怅。她盘算着，不知道以后会怎么样，自己会不会在和汪晓东的交往里得到更大的乐趣，进而失去自己赖以为生的超能力。然而她第一次发现，她不那么在乎这种失去的可能性了。

真的失去了，也是因为得到了其他更重要的乐趣啊。哪怕最后又失去了，也是得到过的吧。

所谓人生么，总要什么菜都尝尝，什么乐趣都试试，那些逃不掉的痛苦，也是人生重要的滋味。她想通了。

不凡者

人不是一夜之间变得平凡的，但往往是一夜之间明白了自己的平凡。

明白之后，又要用无数的日子来接受自己的平凡。

几乎所有家长都会认为自己的孩子是个天才，而要毁掉一个孩子，最方便的方法莫过于从他记事开始就反复对他灌输：你是天才。几乎所有孩子，都会为了证明自己的天才变成一个懒鬼——如果天才还需要勤奋，未免太塌了天才的台。

汪晓东就是一个典型。小学一年级，他被爸爸拉去少年宫做了一个收费的智商测试。和其他付了五十块钱的孩子一样，他也被认定是超常儿童，拿到一张成绩单，白纸黑字，加盖红章，非常正式地证明了他的天才身份。五十块差不多是那时候普通工人的平均月工资，因此这类鉴定还来不及推广并建立糟糕的口碑，价值五十块的天才光环从此包围了他。

最初的天才生涯是愉快的。小学嘛，功课能难到哪里去。汪晓东本来就有点小聪明，受到自己居然是天才的好消息鼓舞，顺利地以优等生的身份毕业了。然而进了初中，他的数学就渐渐不行了。汪晓东被分在全年级唯一的重点班里，开头几次考试就彻底击溃了他的自信心。他也努力过，偷偷地，半夜打着手电筒在被窝里看书，终于在某一次考试中排到班级总分前五名。父母终于又高兴了，而他陷入了无尽的绝望中——他知道自己无论如何竭尽全力，也只能这样而已了。

在那个明白了自己不是天才的夜晚，十二岁的汪晓东做了人生中第一个重要的决定：既然我再努力也会让所有人失望，那么，不如就不要努力了吧。这个念头打定之后，他突然觉得肩膀一松，生活从此面目一新。父母的失望是自然的，好在失望也可以养成习惯，不到半年时间，他们就可以接受汪晓东的二流成绩了。

尝到甜头之后，他开始将这种主动退却提炼成了人生态度。汪晓东有说服自己的一套逻辑，不是自暴自弃，只是量力而为，对所有所谓成功、幸福之类的目标，他都巧妙设定在自己伸手就能够到的半径范围内。

如此快二十年下来，汪晓东求仁得仁地成了一个平凡的男人。

在绝大多数领域，平凡不是罪过。但在爱情里，过于平凡的人，就像穿了隐形衣，永远不会被人看到。

汪晓东就是这样，快三十岁了，没有谈过一场真正意义上的恋爱。备胎、暖男、蓝颜，他都能胜任，偶尔也会以男朋友的身份出现，但是一旦他提出进一步的要求，同居啊，结婚啊，对方总是退缩，发给他一张好人卡，然后跑得比兔子还快。

“你是个好人，但是……总觉得和你在一起，好像……好像没有什么特别的、会心跳的时候。”

“我知道是我不好，你对我很好，大概是我还没有准备好安定下来吧，总觉得你不是我等的那个人。”

汪晓东逐渐明白了，爱情市场犹如超市，琳琅满目，开架自取，但你看中了什么，拿在手上多久，都没有任何真正的意义，走到收银台的那一刻才是重要的，买单能力才是决定性的。

汪晓东遇到过几个让他感觉特别的、会心跳的，可以为之安定下来的女人，他也用他的真诚和爱意努力过，但很遗憾的，以汪晓东这样平凡的外形、谈吐和经济能力，都不足以买单。

汪晓东遇到李燕的时候，觉得这恐怕就是和自己最般配的女人了。

汪晓东和李燕相遇在饭桌上，两个寂寞的人被安排拼桌，他们聊起了美食，聊得很开心，汪晓东加了李燕的微信，约她吃饭。

李燕不是个好看的女人，她个子偏小，五官普通，说话有点紧张，不敢看人。汪晓东看着她，像是看到了另一个自己，或者说，比自己更加平凡的自己。不知道为什么，他心里忽然舒服多了，放松了，他甚至说了几个平时根本不会说的笑话——因为不怕她不笑。

汪晓东后来也问过自己，究竟爱不爱李燕。应该是爱的吧。男人对女人的爱有两种，一种是遇见女神的仰头崇拜，伴随着爱而不得的预感和自投罗网的激昂；一种是他遇到李燕的俯首爱怜，伴随着尽在掌握的自信和微微屈就的惝恍。

汪晓东在仰头的、痛苦的、被动的爱情中吃足了苦头，他决定贯彻自己在其他方面一以贯之的价值观，尽心尽情地享受俯首的、轻松的、主动的爱情。于是汪晓东和李燕又一起吃了第二顿饭、第三顿饭。话题从美食延伸开去，旅游、音乐、电影、童年……

第四次吃完饭，过马路的时候，汪晓东非常笃定地牵了李燕的手，过了马路也没有松开。和他预料的一样，李燕没有挣脱。

就是她了吧，汪晓东想。

爱情这个东西，很奇怪的，你越是在乎对方，就越是手足无措，越是不知进退，越是没有任何技巧地一味给予。

而人对于唾手可得的东西总是缺乏足够的珍视，排山倒海来的关爱贱如草芥，斤斤计较的付出却被视若珍宝。

一开始，可能因为骨子里并不见得多爱李燕，因而没有患得患失，没有试探暧昧，汪晓东在李燕这里，反倒是尝足了被珍视的滋味。然而日子久了，他越来越离不开李燕。

李燕爱做菜，也做得很好。

汪晓东第一次陪李燕去买菜，发现她单靠嗅一嗅就分辨出哪家的豆腐大豆味道更纯正，一眼扫过去就能从一堆湖蟹中挑出最肥的那一只。到了厨房里更了不得，李燕那天兴致很高，光是麻婆豆腐就做了两个版本，一碗是用老豆腐做的，一碗是用嫩豆腐做的。她说："尝尝，老豆腐的香、干，口感扎实，味道浓；嫩豆腐的烫、润，入口嫩滑，拌饭吃最好。"

汪晓东一边吃一边赞叹，果然如此："你啊，你要是开个私房菜馆，就连那个最挑剔的食评家李襄澜都要给你打五星。"

"是吗？有那么好吃？"李燕笑着看他吃。

汪晓东看着饭桌对面的李燕，李燕还在给他讲解大青菜和矮脚菜哪个做蒸青菜更好吃。她的脸上闪闪发亮，有着少见的专注和投入，像是个掌握了他人不知道的重大秘密的魔术师，从那一刻起，汪晓东简直被她迷住了。

一眨眼，他们已经认识两年多了。绝大多数时候，汪晓东确认李燕是喜欢自己的，或者说，是爱自己的。但有些时刻，李燕会忽然发呆，陷入一种令他紧张的沉默中。这种时刻往往发生在他们最亲密最快乐的瞬间之后，让汪晓东觉得无法理解。

这种沉默背后，像是有着巨大的、不可告人的秘密，让汪晓东不由自主地紧张，他不想再流连爱情的超市了。他想，反正也已经同居半年了，接下来，应该也不会有其他的变动，就买定离手，买单走人吧。

汪晓东向李燕求了婚，他本以为李燕会一口答应的，但她的反应让他觉得很奇怪。她被他吓到了，像暴雨天里的一只鸟，慌慌张张、扑来扑去、没头没脑地说了些有的没的，最后终于镇定下来，说："我去家里拿点东西，明天答复你，好吗？"

那天晚上，汪晓东一直在琢磨李燕离开时的眼神，里面有着眷恋、慌乱和……怜悯。怎么会这样，不应该啊。晚上，汪晓东躺在床上辗转着，喧嚣的城市被关在门外，夜色越深越是安静，他好几次忍不住起来拍拍荞麦枕头，总觉得里面窸窸窣窣的，像是存了很多秘密，让他不安。

第二天起来，汪晓东看到李燕放在餐桌上的钥匙和一封信。

“我最近常常在想，人是生来就失明比较可怜，还是后天失明更可怜呢？”

李燕的信，第一句话便是这样的。

“我猜，可能是后者更可怜一点，因为得到过，所以一旦失去，就更加明白失去的分量。最近我常常害怕，自己也将遭遇这样的失去。”

李燕告诉汪晓东，她就是那个神秘的食评家李襄澜，早几年，她被一个神秘的“不过神仙”赋予了从食物中获得最大乐趣的超能力，不过，一旦她能从其他事物中得到更大乐趣，她就将彻底失去她的超能力。

“我将再次成为一个平凡人。我想了很久，我舍不得。对不起。”

原来如此。

李燕信里写的，并不是很容易相信的话，但汪晓东想到和她两年来的相处，她神乎其技的厨艺，去餐馆时神神秘秘的造型，对着电脑打字时认真又不愿意让他看见的模样，种种细节都说明了她说的是真话。他向李燕求了婚，而李襄澜拒绝了他。

被抛弃是一重伤害，而抛弃的背后，是反复斟酌后的结论“不值得”，这是另一重伤害，是汪晓东无法接受的伤害。

痛苦了几天，汪晓东决定再去追求李燕。

这一次，他用尽了全力，送花、送礼物、蹲点守候……听说李燕感冒发热，他连假都来不及请，直接冲到医院去嘘寒问暖。然而，李燕不为所动。

“对不起，是我的错，但是，我们就到这里吧。”

李燕进进出出地忙碌着，她平淡的五官被汪晓东熟悉的那种专注点亮了。她对汪晓东的所有痴缠都善意而坚定地挥挥手——犹如挥开一只不肯离开的苍蝇。

汪晓东恍惚着，失眠，消瘦，敏感，易怒，对着甲方发火，被老板提醒：“不要以为自己是老员工，我就不会开除你，公司不养闲人，更不养大爷。”汪晓东也试图振作，但每每入夜，他躺在床上，伸手摸到原本属于李燕的那个位置，她之前总老老实实躺在他身边，而今却离开了，因为她“舍不得”，舍不得她那幸运得来的超能力，让她可以轻轻松松飘于俗世上空的超能力，但舍得他，平凡的他。

两个月后，汪晓东在报上看到了关于李燕的新闻：“神秘美食家李襄澜终露真面目，私房菜馆开幕在即，预约已排至年底。”汪晓东想象着李燕即将迎来的毫无悬念的成功，这种成功啃噬着他，成了压垮他的最后一根稻草。

他必须毁掉这一切，毁掉她。

汪晓东决定去买一瓶有机磷农药。

“你真的以为自己有机会进后厨吗？”卖农药的小哥吹着自己的蓝色刘海问汪晓东。

“不知道你在说什么。”

“哎哟，你怎么会不知道。你不就是想去你前女友开的饭馆下毒吗？”

汪晓东呆住了。

“幸好你遇到我了。你前女友遇到的是总爱白送东西的‘不过神仙’，我呢，就是热爱做交易的‘没事妖怪’。我们做个交易吧。”

“怎么交易？”

“很简单哦。你呢，把你的嫉妒之心交给我……”

“我哪有嫉妒她。”

“真的没有？如果她只是不爱你，所以和你分手，你会有现在这么难受吗？说到底，其实你也没有多爱她啊，不是吗？你又不是第一次被甩了。这次特别痛苦，只是因为你对于身边的人居然不能陪着你一起平凡过到老很嫉妒罢了。”

“你能给我什么？”

“PLAN A，我让你回到你的十二岁，你可以重新来过，努力看看，不要那么早就放弃，也许你啊，会发现自己完全可以变得不平凡呢。”

“你确定？”

“我不确定哦，只是有这个可能性罢了，需要你自己努力啊。”

“还有什么选择吗？”

“PLAN B，我拿走李燕的超能力，嗖地一下，她就会变得和你一模一样，平凡、普通、乏味，什么都不是。你选哪个？”

一年半以后。

汪晓东和李燕出去吃饭，两个人的手机都没电了。这下不得不聊天了，不借助朋友圈、微博、新闻 APP 推送的，真正的聊天。

“说起来，今天我的老板又毙了我改了十几次的设计稿，用回了第一稿。”

“哦，你也习惯了吧。对了，今天我看中一双鞋，想想还是等双十一再抢吧。”

“万一抢不到呢？”

“其实也不是非买不可吧，只是买了也可以。”

“那就不要买了呗。”

“也行吧，无所谓。”

两人互相笑了笑，完成了沟通义务的、如释重负的笑，埋头开始吃饭。

接下来，又是漫长的沉默。

吃完饭回家的路上，李燕习惯性地过来牵着汪晓东的手。如果不出意外的话，他们还要这样走上几十年，手牵着手，彼此善意而又辛苦，耐心而又徒劳地说着对方并无兴趣的话。

这样也是一辈子。

有的人可以，很多人可以，大部分人可以。

汪晓东想，他自己选的，他当然也可以，好歹，李燕陪着他，她已经没有多少资本离开他了。

任意门

任如琪发现自己爱上了郑万里的时候，已经晚了。

早一点大概还好收拾。以往，只要察觉对任何人有着过量喜欢的倾向，她就命令自己立刻转身，在心里默数“一、二、三”，然后开始撒腿奔跑着逃离。

任如琪的理科很好。根据万有引力定律，任意两个质点有通过连心线方向上的力相互吸引，该引力大小与它们质量的乘积成正比，与它们距离的平方成反比。她觉得人际交往也遵循这个定律：质量是彼此间的好感，距离则是心理和物理的双重距离。每一次，当任如琪觉得和对方之间的好感过大的时候，就选择单方面拉大心理和物理距离，以杜绝更接近、由喜欢转化为爱的可能性。

逃离的过程当然是有痛苦的，但是习惯了就好，那种痛苦的重量是她可以预计、可以承担、可以消化的。逃啊，快点逃啊，千万不要爱上，爱上了的话，被抛弃的痛苦是铺天盖地，无法接受的啊。她总是边逃边给自己鼓劲，越逃越快，越逃越远。

这项技艺，任如琪练习了差不多有二十年了，熟能生巧，简直成了条件反射。

最早的逃离，开始于父母离婚的时候。那一年任如琪七岁，父母以为她还不懂事，可其实她什么都明白。那些午夜压低了声音的争执、家里莫名其妙越来越少的碗盆、妈妈身上可疑的伤痕、爸爸深夜在阳台抽烟的叹息声，过去都快二十年了，闭上眼睛仍然历历在目。

小小的她无能为力，只能等，每天都像在等第二只靴子落下来。等到妈妈和她谈话的时候，任如琪简直松了一口气。

“你还是跟爸爸吧，爸爸工作好，学历高，对你有好处。”

“可是妈妈，我爱你啊。”

这句话在任如琪喉咙里滚了又滚，被她的体温含得发烫，她好不容易鼓足勇气说了出来。

得到的是一个拥抱，一个含着泪的吻和一句：“妈妈对不起你。”

不是“妈妈也爱你”。

任如琪长大之后，能够明白妈妈当时的难处了。妈妈是个浪漫得出奇的人，偏偏嫁了个不解风情、常年出差的理工男，婚姻很不如意，婚后却遇到了真爱。当时她已经怀孕了，能够全身而退再婚就已经很幸运，这在她，是再获人生幸福的最后机会。人面对幸福，不可能不自私，她只能放弃女儿。

明白归明白，但说出了爱，而被告知“对不起”的经历，实在难忘。何况那时候，任如琪还不明白妈妈的难处，她只知道自己被抛弃了，她的童年在七岁就结束了。后来妈妈来看她的时候，她也总是淡淡的，开始是不想不争气地表达自己的依恋，后来是真的不依恋了，她发现不依恋能让自己好过点，那就不要依恋了。

任如琪扪心自问，父女两人相依为命的那段日子，她对爸爸也是爱的，大概少了一点对妈妈的那种依恋，但总归也是爱，只是他好像不需要自己的爱，面对女儿孩子气的情感表达时，总是愧疚慌乱地逃避。可能是自己长得太像妈妈了吧，长大以后任如琪帮爸爸找过理由。

爸爸一年后再婚，像和前妻比赛似的，不到一年又生了儿子。在后妈手下讨生活的那十几年，不足道了，每天都会感到来自四面八方的、无从抵抗又无法细数的委屈。

任如琪很早就开始恋爱，太早了，一颗早熟的少女的心血淋淋地掏出去的爱法，没有哪个少年承担得起，失恋了几次之后，她就学乖了。原来，爱谁都和爱爸爸妈妈一样，一旦爱了总是被轻视，总是被辜负，总是被抛弃，那么，就不要爱好了。

从此，任如琪开始了她一次又一次、漫长得没有尽头的逃离。

爱上郑万里完全是个意外。他根本不是任如琪喜欢的类型，不帅气，有点木讷，经常神游太虚，完全不懂浪漫，大概就是因为这样，任如琪一开始毫无防备。

他们在一次聚会上认识，隔了几天在小区内偶遇，原来是邻居，聊了几句发现各自公司就隔了一条街，两人就在限行的日子搭对方的车上下班，每周四次，每次四十分钟到一个小时的同行。

刚开始，车厢这样的封闭空间让任如琪有些紧张，总觉得有说话的义务，同行几次后，她发现自己的担心是多余的，郑万里和她一样，喜欢放空，绝不刻意找话题。然而越是不刻意，两人越是有说不完的话，每次下车的时候，任如琪发现他们总是笑着的。渐渐地，两人开始约会，一起吃饭、看电影、喝茶、逛街，自然而然地牵手、亲吻、上床。

所有一切，都俗套得不能再俗套了，俗套得和任如琪记忆中有关爱的情节、情绪相去甚远，他们也从来没有试图定义他们之间的关系。任如琪想，无非是找了个伴儿嘛，有个伴儿，还是蛮舒服的。她没有嗅到一点点和爱有关的危险。

直到任如琪被公司派去北京出差三个月。出发那天，郑万里送任如琪去机场，告别的时候两人都是淡淡的，完全不像热恋中的男女，最缠绵的细节无非是带着害羞和尴尬轻轻拥抱了一下。

任如琪要过安检的时候，郑万里叫住了她，她有点紧张地回头。

“把家里钥匙给我吧，我帮你浇花。”

任如琪点点头，掏出钥匙给他，他的掌心软软的，带一点潮湿。

下飞机的时候，她给郑万里发微信：到了。郑万里回：那就好。也就是这样而已了。

在北京的每一天都很忙，忙得任如琪本以为不应该会有时间想到郑万里的，然而她想念他，无法遏制地想念他。她也不想想他的，但是她吃到好吃的，想带他来吃，看到好看的风景，想牵着他的手一起来看，她忙了一天好不容易睡着了，梦里居然在和郑万里聊天，他脸上一闪而过的笑容让她在梦里都觉得温暖。

任如琪全身被思念的电流击打着，酥软、轻痒、微疼。这种想念的浓度和烈度超过了任如琪记忆中任何一次恋爱，以至于她要用上全部力气，才能在每天晚上的晚安电话里保持声音的平静，克制自己说“我很想你”的冲动。

任如琪心中的警钟“铛铛铛”地响起来，好像又到了该逃离的时候了。怎么逃呢？还逃得掉吗？她觉得自己的心已经被钉在郑万里身上了。完蛋了，这次又要吃大苦头了。而他还一无所知，在电话里永远都是那样云淡风轻，说着诸如“花开了呢，我拍照发朋友圈”“你去看《道士下山》了吗？张震和郭富城演得好震撼啊”“我们常去的那家馆子大概换厨师了，难吃得要死”之类的毫无重点的生活细节。

这天暴雨，任如琪叫了车。出租车来的时候，有个穿白色连衣裙的女孩先打开了车门，出租车司机冲女孩摆摆手：“是有人叫的车。”女孩悻悻关上了车门，她的伞破了，半边身子都湿了。任如琪上了车，想了想，放下车窗问女孩：“你去哪里？”女孩说了目的地，很巧，顺路。

任如琪打开车门：“上来吧，刚好顺路，先送你过去。”

女孩惊喜地坐进车里：“谢谢你，姐姐你真是好人。”

任如琪在车里接到郑万里的电话，问花要不要施肥，她交代了几句，挂了电话，叹了口气，光是听到他的声音都能让她的心悬在半空。任如琪自问，最适合的男女关系，应该是轻一点、淡一点、凉一点的，怎么不知不觉间，就变得那么重了、浓了、暖了？郑万里是什么时候偷偷钻到她心里去的呢？好像还卡在了那里，怎么都剔不出去了。

“不开心啊？”女孩问。

任如琪笑笑，没有说话的意思。

“姐姐，其实不想笑的时候，不笑也没有关系的。”女孩多嘴。

任如琪望向窗外，不想让女孩看到自己的表情。

女孩接近目的地，拿着钱要给司机，任如琪阻止她：“不用了，真的是顺路。”

女孩说：“谢谢你，你真是好人。好人怎么都不太开心呢？这样吧，我送你一个礼物。你有什么特别想实现的愿望吗？”

任如琪吓了一跳，随口打发她：“我啊，我想去未来看看，想知道自己以后会怎么样。”

女孩想了想，一手搭着任如琪的肩膀，一手做着奇怪的动作说：“我给你任意门吧，只要你认真想想你想去的时间点，就可以穿梭时间，不光可以去未来，也可以回到过去哦！不过——我的魔法都是有‘不过’的，大家都叫我‘不过神仙’——任意门只能用三次，每次只有五分钟，而且不管你看到什么，都是命运，都无法改变。”

女孩下车后，任如琪和司机讨论了下女孩应该是哪种精神病患者，就把这件事抛下了。

这天晚上临睡前，任如琪和郑万里照例打电话聊天，末了郑万里说：“对了，听说新开了一个游乐场，特别刺激，等你回来我们一起去玩吧。”任如琪说好，挂了电话。

游乐场啊，自己还真的没有去过。爸爸和后妈带弟弟去过很多次，弟弟每次回来都说很开心，她不愿意去，怕看到他们一家三口的开心，让自己更不开心，也怕自己居然也会玩得开心，好像背叛了什么。

说起来，她和郑万里从来没有聊过各自的童年，在她是刻意不想提不开心的事情。她其实很好奇郑万里是怎么长大的，问不出口，太私人了，好像意义重大。真想看看他七岁的时候在干吗。

嗖，任如琪从床上来到了一条小巷里，迎面走过来一个哭着的小男孩，眉眼和郑万里很像。任如琪掐了自己几下，疼的，再看看那个男孩，哭得很伤心，一抽一抽哽咽着，让她的心也跟着皱了起来。

任如琪走到男孩面前问：“小朋友，你怎么了？”

男孩抬头看看任如琪，不理她，只管自己走。真的是郑万里啊，嘴角那颗痣都是一模一样的。

任如琪忍不住跟着他：“郑万里，到底怎么了？”

男孩站定，看着任如琪：“你怎么知道我的名字？”

任如琪撒谎：“我……我是你爸爸以前的同事，看到过你的照片。”

男孩哭得更厉害了："我爸爸死了，刚刚死的，我再也看不到我爸爸了。"

任如琪不忍心再问，一把抱住了男孩，男孩在她怀里挣扎了几下，然后就搂着她继续哭。

五分钟，只有五分钟，任如琪抱着小小的郑万里，不知道该怎么用剩下的时间安慰这个心碎了的男孩。她只好陪着他哭。

男孩很快从她怀里出来，擦擦眼泪，说："我要回家了。谢谢阿姨。"

任如琪蹲下来，拿着纸巾帮他擦泪："回去吧，坚强点儿，爸爸爱你，他就算不在了，也希望你过得好，过得快乐。你记得他，他就没有真的离开。"

男孩点点头，走了。任如琪看着他小小的背影消失在巷子尽头。

时间到了，嗖，任如琪回到了酒店床上。她简直怀疑自己是做了个梦，但手上拿着的纸巾还是湿的。

原来，原来自己真的有了超能力。

还有两次机会，该去什么时间点看看呢？去未来哪天看看自己是否还是一个人，又过着什么样的日子？未来的日子里，还有没有郑万里呢？这个和自己一样，从小就尝到了生离死别滋味的男人，那时候是不是已经消失了？自己是不是又一次成功逃离了？逃离后的自己伤心吗？还会想念他吗？是后悔还是庆幸逃离了呢？任如琪发现自己不敢去看，她怕自己承受不起答案。

还是回到过去吧。任如琪一直想知道，妈妈离开的时候是什么样的，那天她太难过了，没有送送妈妈。好吧，就去那时候吧，任如琪对自己说。

嗖，任如琪发现自己来到了老房子的楼道上。妈妈拿着箱子呆呆地站在楼道上，任如琪装作等人的样子，站在边上偷偷看她。妈妈在流泪，她放下箱子，回头又上楼，走了几级台阶，停下来，蹲坐在台阶上，然后又站起来，再走了几级台阶。任如琪看到妈妈的左手紧紧抓着扶手，青筋都出来了，右手搭在肚子上，站着，嘴巴念念有声。

任如琪忍不住凑近了，听到她在说："琪琪，妈妈也爱你，妈妈没有办法，妈妈很爱你，妈妈不敢说，说了就离不开了。"

这大概是任如琪生命里最长的五分钟了。回到酒店床上后，任如琪哭得撕心裂肺，她多年的委屈和恨意，今天终于有了交代。

这时手机响了，是郑万里。郑万里的声音听着和平时有点不同："说起来，刚才我想到，我从来没有去过游乐场，你知道为什么吗？我从来没有和人说过，我啊，有一个，呵呵，说起来，很俗套的，不幸的童年……"

任如琪拿着手机，边哭边笑。尽管相距一千多公里，她从来没有那么接近过一个人的感觉。根据万有引力，她想，她和郑万里的距离已经太近太近了，他们之间的引力已经太大，无法克服，完全没有逃离的可能性了。

可是，管他呢，去他大爷的逃离吧，这次她不逃了，不就是爱吗？爱就爱吧，认了吧。她用她内心那个七岁的小女孩爱着他内心七岁的小男孩,用她的现在爱着他的现在,这样就够了,这样就好了。

“其实我，也没有去过游乐场呢……”任如琪听到自己说，一开口就再也停不下来，也不想停下来了。

那天晚上，他们打了两个多小时的电话，告别的时候，任如琪说：“我很想你。”说出口并不后悔，觉得早该说的，说了很快乐。郑万里说：“我也很想你，我明天就来北京看你。”

挂了电话，任如琪躺在床上，任由自己傻笑。原来两情相悦是这样的，她终于明白了，世界上真的有呢，没有阴影的快乐和幸福。

对了，还有一次用任意门的机会呢，任如琪想。可是她不需要这次机会了，未来该是怎么样就是怎么样，所谓命运，既然不能改变，就让它发生吧。现在她只想着拥抱爱里所有的未知和惊喜，她愿意和郑万里一起体验。她，不要提早看答案。

遗憾然后微笑

现代人关于爱情的知识往往是二手的。

先从书上、影视剧上看到爱情，然后才在现实中遇到爱情。

二手有二手的好处，毕竟爱情这种东西，没有在额头上刻着字，究竟要喜欢到什么程度才算爱，谁都不是很明白。书籍和影视剧充当了爱情的启蒙教材，进而构架了评价体系。

哦，原来想到一个人就只想笑，就是爱情了。

哦，原来分开之后会痛苦得像心脏要裂开，就是爱情了。

哦，原来在人群中仍然觉得孤独，而和他在一起的时候就觉得完满，就是爱情了。

大家多多少少地，借用二手的知识，按图索骥地寻找爱情、确认爱情。不同的可能只是有的人关于爱情的二手知识少一点，有的人多一点。

成年之后，好像触发了一个开关，按下之后，现实生活的门打开，各种妖魔鬼怪、魑魅魍魉、心魔邪念从外从内扑过来，那些在阅读和观看中累积的关于爱情的二手知识，在热辣、复杂、琐碎、矛盾的人生里，一下子就不够用了，对不上了，找不到了，该抛下了。

关于爱情的二手知识少一点的人，比较好过一些。

在几次失望之后，趋利避害的本能会让人选择谈一场目的明确、直奔婚姻而去的恋爱，用一种最简洁、效率最高的方式将自己拉到现实泾渭分明的点上，从此面无表情地做墙上的另一块砖，可以不用再辛辛苦苦寻找和跋涉了。滑行永远是摩擦力最小的方式,只需被社会主流公认的价值观推动即可,妥协了、投降了、放下了、安全着陆了，就可以沾沾自喜，如鱼得水地融入生活，进而有希望成为生活的既得利益者。

任如琪关于爱情的二手知识太多了一点。

任如琪有着孤独的童年和少年，早早和母亲经历了生离，又和父亲貌合神离。大概童年和少年时很孤独的人，都会看很多的书，看很多的电影，以便从中寻找安慰。

只是过多的阅读和观看，难免累积了过多深刻的、复杂的、自相矛盾的爱情观，用以指导现实的恋爱时，往往犯了过量的致命错误。

最初几次恋爱，任如琪总是犯各种教科书一般的错误。开始是过量的热情，像个赌徒，拿出所有身家性命押上，在一起的时候奋不顾身地付出，分开的时候一丝不苟地想念，被她这样爱着的男人开始会被这样的热情感动,用不了多久就被灼伤，进而逃走；后来是过量的理智，像个精算师，哪怕在最缠绵的时刻，她的灵魂总飘在半空，以中年的、冷静的、客观的眼光审视自己和对方，和这样的她恋爱的男人开始会欣赏她的懂事克制，过不了多久就会觉得没有理由的怔忡不安，进而退避。

在爱情里的屡战屡败，让任如琪形成了某种根深蒂固的绝望感和疏离感，既然怎么个爱法都不起作用，她选择隔岸观火。二手的知识、一手的经验和他人惨痛的言传身教，让任如琪对爱产生了足够的畏惧，在所有爱情的可能之初就萌发退意。

幸好她后来遇到了郑万里，和她一样，在孤独中长大的郑万里。有时候回忆起来，任如琪觉得她和郑万里在茫茫人海中互相认定对方的理由，可能就是看到对方身上那种熟悉的、苦苦压抑多年后，用玩世不恭、拒人千里来掩饰的绝望感吧。而在彼此确认、彼此爱上之后，又惊喜地发现了各自内心一直阴燃着的、无法掐灭的关于爱情的幻想和力量。

任如琪同意郑万里的求婚的时候想，她是真的找到了爱情了，不是那种自欺欺人的，用以应付人生任务的爱情，而是那种真实的，比书本和影视剧里的爱情更为真切、彻底的爱情。

所以，尽管有了足够的关于婚姻真相的二手知识储备，等到婚后第五年，发现自己从胸口的朱砂痣，成了墙上的蚊子血的时候，任如琪真的没办法咽下这口气。

那天下午，任如琪买了菜回家，远远看见应该在外地出差的郑万里，正和一个女人手牵手逛街，她觉得全身的血都冻住了。理论上说，任如琪不是没有时间逃开的，如果当时就逃开了，可能结局会不一样吧，但当时她真的被钉在了原地，脑子里山呼海啸的，全是她和郑万里某些甜蜜片段的回忆：冬夜加完班下楼时看到已经在车里盹着的郑万里，她敲了敲车窗，他睁开眼迷惘了片刻，看到她的瞬间眼睛一下子亮起来；牵着手一起去挑家具，趁着店员走开，拉着她一起躺到买不起的那张美式大床上自拍；她拿到输卵管双侧堵塞很难怀孕的报告时，他抱着她说："没有孩子无所谓，有你就可以……"

一直到郑万里他们走近到无法逃避的距离，任如琪才攒了一点力气，扭头就跑。

逃跑曾经是她的求生之道，在遇见郑万里、爱上郑万里、也被郑万里爱上的几年里，她曾经以为终于可以不用逃跑了。

原来逃跑这个东西，和游泳、骑自行车类似，一旦学会，就形成了身体本能，永远也不会忘记。

已经跑得太晚了，任如琪听到身后郑万里在追她，一边追一边喊："如琪，如琪，我们好好谈一谈。"任如琪以她丰富的关于爱情和婚姻的二手知识想了一下，自认为明白他所谓"好好谈一谈"将会引向什么样的结局，那是她不愿面对的结局。任如琪越跑越快，迎面开过来一辆黄沙车，她本可以躲开的，但是在那一刻，没有任何力量让她躲开，好像也没有任何躲开的必要，"砰"的一声，她选择撞了上去。

在车轮底下，任如琪听到了自己全身骨头粉碎的声音。这就是死亡的声音吧，她想，居然不疼，只是咔嚓咔嚓到处都在响，眼前好像有光，又好像没有，这难道就是结束了？

任如琪忽然想起来，自己还有一次任意门的机会，"不过神仙"送给她的，去任何一个时空看一眼的，五分钟的机会。她一直没有用，开始是因为觉得没有必要，反正只能看一下，不能改变命运，后来是因为舍不得，想老了快死的时候，回人生最幸福的五分钟看一眼，而现在要不要用呢？最后的机会了吧，再不用，就要开始痛，就要开始死了。

任如琪想了想：我想去我的葬礼看一下。

嗖，任如琪发现自己站在殡仪馆大厅的角落里。

哀乐震天，任如琪躲闪着，怕有熟人认出自己，幸好人人肃立，低头默哀，并没有人顾得上她。

任如琪抬头看遗照，她吃惊地发现，照片上的人，果然是自己，却是老年的自己，白头发、皱纹、老年斑，慈祥地看着镜头，对死亡有着足够的理解和接受。

啊，天哪，原来自己当天居然没有死。

“我说，参加自己的追悼会，很有趣吧。”身边的一个年轻男人问她。

任如琪愣住了，转头看他，是个年轻男人，刘海上漂染了几缕蓝色：“你怎么知道我的事？”

“我啊，我和你遇到过的那个‘不过神仙’差不多，我是‘没事妖怪’，幸会幸会。”

“我是死了吧，出现了幻觉？”

“不是，你没死，而且非常健康、健全地活着。确切地说，如果你和我交易了，你就没有死……呃，比较难以解释，你靠着‘不过神仙’给你的任意门从过去来到未来，如果答应和我做交易的话，你就可以回到过去，并且还有未来……这个时间线是比较复杂啦，如果你看过《终结者》《回到未来》之类的电影，应该比较容易理解……”

“我不理解……可是我只有两分钟了。什么交易？你要什么？”

“对对对，长话短说，我要你把你获得爱情的可能性交给我……”

“什么意思？”

“就是你再也不会得到爱情啊。你可能还会爱上别人，也会被别人爱上，可就是得不到，明白吗？要不就是你爱的人不爱你，要不就是爱你的人你不爱……”

“既然是交易，我能得到什么？”

“PLAN A，我让你活下去，但是被截去双腿，下半生都要在轮椅上度过，你的丈夫不再爱你，但因为愧疚，他不会和你离婚，下半辈子都会死心塌地守着你、照顾你。”

“还有别的选择吗？”

“还有一个 PLAN B，我让你活下去，健健康康，只是你从此就是一个人了。快些选吧，我是有名的‘没事妖怪’，公平交易，童叟无欺。当然，你也可以什么都不选，就这样死了。”

任如琪想了想刚才郑万里牵着那女人的手时脸上由衷的笑容，她说：“好的，我交易，我想活下去，好好地活下去，爱不爱的，我顾不上了。”

她选了 PLAN B, 交易就此成了。

嗖，任如琪回到了车轮下，她开始感到疼痛，无法形容的，全身的疼痛。

“所以，您遭遇了一次差点致命的车祸，又奇迹般地幸存了。伤愈之后就选择了辞职，开始写作生涯？”

采访的小姑娘认真地看着任如琪，她好不容易才有了这个机会，面对面地采访这位一直高产的爱情小说家，这位小说家的很多畅销书还被改编成了电影、电视剧，在市场上从未失手。

“对，离婚，辞职，开始写作。”任如琪有点累了，上了六十岁之后，各种身体器官过了保质期，陈年老伤也总是发作，这种回答了上百遍的问题，让她觉得乏。

“您几十年来一直在写爱情，写了各种各样的爱情，是什么让您保持了这样旺盛的创造力呢？您的个人生活中，是不是也一直有着刻骨铭心的爱情呢？读者们都很好奇呢。”

任如琪站起身，走到落地窗前，看着万家灯火，她确信很多窗户后面，都有人在爱，都有人在被爱。爱总是幸福的，被爱也是幸福的，有爱的地方，总是有着无数的麻烦，但因为爱，人总是不怕麻烦的……几十年了，她闭上眼睛就能想象到无数爱和被爱的情节，无数误会、伤害、宽恕、缠绵的可能。

“没有，我没有什么刻骨铭心的爱情。”任如琪回答。

“您的爱情小说里经常有生离死别，您相信爱能够超越生死吗？”

任如琪笑了：“不相信。爱只是人生的一角，有就最好，没有的话，也可以好好地活下去。在生与爱之间，只要不是疯子，就会选生。”

“很多人把您的爱情箴言作为人生指南，如果让您选，您觉得哪句话才是爱情的真相呢？”

“没有，我的书里没有爱情的真相，其他人的书里也不会有。要知道爱情的真相，只有自己去爱，不要相信书，不要相信电影。那都是二手的，现实的爱情不会像书那样翻到最后一页给你一个确定的结局，不会像电影那样看到最后给你一个‘the end’，每个人都有每个人自己的答案。”

“最后一个问题，很多读者说，您是最会写爱情的人，您有什么创作技巧吗？”

哪儿有什么技巧，只有在爱里死过一次的人，才会成为爱最好的书写者。因为确信不会再遇到爱，不会再拥有爱，所以才能用大半辈子写爱情，想象爱情，回忆爱情，抚摸爱情，咀嚼爱情，借以取暖，借以聊生，仅此而已。但任如琪怎么能对那么年轻的女孩说出这些话来。

任如琪叹口气说：“明天要下雨了，我全身都开始疼了。要说秘诀的话，我一般都会在雨天写，全身疼的时候写，那种感觉，比较像爱情。”

不存在的爱人

孙菲儿感觉自己老了。

她还不到二十四岁，本不该有这种感觉，只是从二十一岁到二十四岁，她都在一段不应该的爱情里消耗着、燃烧着，难免有种生活被按了快进键的错觉。

其实，不用说得那么好听，她就是当了三年传说中的小三。

小三有很多种，有的为钱，有的为性，有的因为恋父情结，有的只是喜欢和人抢。她是最傻的那种，为了爱。

从这个意义上讲，她还年轻得很、天真得很。只是她不自知罢了。

蔡朝晖是个成熟的、成功的中年商人，有家有业，有儿有女，有名有利。他对孙菲儿，当然也有爱，怜爱、宠爱、性爱，只是总量有限。他太忙了，能把碎片时间和被消耗得差不多的情感、体力攒起来给孙菲儿，自问仁至义尽；何况在给钱方面，他向来大方，并没有欺负孙菲儿。

以孙菲儿的年纪，三年里得到的物质已经多到荒谬，然而除了和蔡朝晖在一起的时间，她都不快乐。因为她真的爱上了他，由爱生痴，由痴生贪，由贪生怨。那三年的人生她只剩下他、大把的时间、寂寞，以及各种限量版的包。

开始蔡朝晖还挺享受，孙菲儿的爱像青春期纯纯之爱遥远的回音，空下来时着实会拨动他的心一两下，让他觉得投资回报率远超预期。

时间一长，这种一把火腾地烧过来的爱让蔡朝晖怕了，他旁敲侧击地提醒过孙菲儿，但孙菲儿太年轻，年轻的美女总是难免有侥幸心理，认为如果足够努力，世界是可以围着自己转的。

然而并不是。

蔡朝晖四十七岁生日那天，孙菲儿明白他要和家里人一起过。明白归明白，她还是烧了一桌菜，把穿着兔宝宝装的自拍微信发给了他。她被自己这种爱感动着，以为或许也能感动他。

蔡朝晖收到微信的时候，正和儿子讨论高考选专业的事，照片侥幸没有被儿子看到，但他心中不由得警铃大作：孙菲儿那种不节制的爱看来已经到了失控边缘。

蔡朝晖老了，疲疲沓沓，很久没有恋爱，非常确信那种恋爱并不是他生活的必需品，至少不值得冒着任何失去现有平稳生活的风险去参与。他是成功的生意人，最擅长的就是风险控制，这把火虽然看着迷人，但不好控制烧的规模。

照片事件成了最后一根稻草，他忍痛割爱，和孙菲儿分手了。蔡朝晖说的最后的话是：“谢谢你。我们不要再见面了。”

分手费和风度，都是够的，他于此已经是老手。如跳水运动员，空中翻腾再是好看，最后那下水花必须压得妥帖才能得高分。他觉得自己问心无愧，技压群雄。

孙菲儿失魂落魄了两三个月，在身上发霉前顶下个甜品店打发时间。

有天快打烊的时候，店员和甜点师傅都走了，店里来了个穿着白色连衣裙的女孩。女孩面对柜台里的蛋糕兴奋得直搓手：“啊呀，看上去都很好吃，不知道该买哪个。”

孙菲儿被女孩的笑容感染，几年前她也是能够为几块蛋糕笑得那么开心的啊。她索性把蛋糕一块块拿出来，装到外卖盒里：“都拿去吧，反正明天不能卖了，吃得喜欢下次来买。”

女孩惊喜，接过外卖盒，眼睛扑闪扑闪的：“谢谢美女姐姐，你真是个好人。这样吧，我送你一个礼物，你想要什么？”

孙菲儿呆了一下：“不用，我不缺什么。”

这时电视里本地文化新闻中出现了蔡朝晖的身影，他刚刚高价拍得一件雍正珐琅花瓶。孙菲儿看得呆了。

女孩问：“你认识他？”

孙菲儿点头：“我就缺他，能送我吗？”

女孩挠挠头：“这个我还真做不到……我不能把人当礼物送给你。我只能送你一个超能力。”

孙菲儿被女孩逗笑了：“哇，这么厉害。那么，他不肯见我了，让我能见到他的超能力，能送我一个吗？”

女孩想了想，点点头，她一手越过柜台搭在孙菲儿肩膀上，一手做着类似巴啦啦小魔仙的动作：“我让你只要认真说三遍他的名字，就可以隐身出现在他身边，说三遍‘回去’就可以回去，不过——我的魔法都是有‘不过’的，大家都叫我‘不过神仙’——你就像空气一样，是没有形体的，他永远看不到你，感受不到你；如果你要现形，就认真说三次自己的名字，但他只要看到了你，就会失去所有和你有关的记忆。”

说完，女孩拍拍孙菲儿的肩膀离开了。

真是个奇怪而调皮的女孩啊，孙菲儿想。

那天晚上，孙菲儿照例失眠，在辗转中，她不自觉地默念着“蔡朝晖、蔡朝晖、蔡朝晖……”忽然，嗖，她就来到了他的书房。蔡朝晖正在桌前看合同，孙菲儿一瞬间不知道自己是不是在梦里。她凑近他身边，闻到熟悉的烟味，这才确定自己真的有了超能力。

孙菲儿走到蔡朝晖面前，他没有任何反应。她大着胆子走到他身后拥抱他，却扑了个空。哦，自己果然是像空气一样，没有形体。但这样也够了啊，孙菲儿想。她凑到蔡朝晖面前，痴痴看着他，伸手想要抚摸他皱着的眉头，当然还是摸了个空。

那晚，蔡朝晖在书房待到了凌晨两点，孙菲儿就陪他到两点，看他看书，听他打电话。太好了，她想，这个超能力太好了。等他关灯去卧室，孙菲儿一颗心里又是快乐又是伤痛地说了三遍“回去”。

从此，孙菲儿经常去看蔡朝晖，看他开会，看他吃饭，看他和家人相处，看到了她曾经爱过的那个他，也看到了以前从来不知道的他。这项超能力带给她的快乐和痛苦不知哪个更多些，但她仍爱着他，饮鸩止渴，顾不上计算了。

有天蔡朝晖宴客，兴致上来了，拿出那尊雍正珐琅花瓶给贵客赏玩。孙菲儿看到他骄傲而温柔地注视那尊花瓶，那种目光如此熟悉，正是当初他看自己的目光。

孙菲儿醒悟蔡朝晖对自己大概也是爱过的，像爱这古董花瓶，赞赏、审美、占有、物化的爱。不同的是这个古董花瓶更名贵、更乖巧，也更方便随时把玩。这种醒悟让她落荒而逃，有一个多月没有再去看蔡朝晖。

甜品店的生意倒是出人意料地渐渐好起来。孙菲儿开店原本就不图赚钱，用的原料都对得起良心，甜品师傅鲁自强又出奇地尽心，不经意间做成了城中传说中的口碑小店。像戒毒一样强迫自己不去看蔡朝晖的孙菲儿成天泡在店里，没有顾客的时候，她和不爱说话的鲁自强有一句没一句地聊天。

有一次，鲁自强说了个冷笑话，孙菲儿哈哈哈地笑起来，他认真看着她说："你笑起来更好看。"

孙菲儿愣了愣："我以前常笑的，我以前更好看。"

"那就多笑笑。"说完，他回厨房去了。

打发时间也不是那么难的啊，她想，笑也不是那么难，忘记蔡朝晖也不该那么难的吧。

一天下午，正是店里生意最清淡的时候，鲁自强拿着手机给孙菲儿念段子。

门开了，蔡朝晖带着小女儿走进来。

孙菲儿看到蔡朝晖，笑就僵在脸上了，他脸上也阴晴不定。

小女儿挑好蛋糕，蔡朝晖付钱，两人的手指碰了一下，孙菲儿觉得皮肤上如有闪电火光,找钱的时候手都是微微抖着的。

蔡朝晖和小女儿拿着蛋糕离开，没有回头。

“是他？”鲁自强问。

“谁？什么？”孙菲儿捋了捋头发。

“没什么。”鲁自强回厨房去了。

这次意外的撞见，让孙菲儿好不容易淡下来的心，又不知死活地开始想蔡朝晖。那天晚上，她在床上翻来覆去了很久，到底还是没有忍住，认命地念了三遍他的名字。

嗖。

蔡朝晖在书房，抽着烟，定定地看着手机。

孙菲儿走到他身后,看到手机上是自己那天穿着兔宝宝装、面前一桌菜的自拍。

原来他还没有删掉。原来他也会有想她的时候，原来他的心里也有她。

孙菲儿一直爱得很卑微，最得宠的时候，也始终惴惴，如今亲眼看到蔡朝晖为了自己，深夜也会有那么点落寞，觉得所有委屈、痛苦、绝望都有了交代。

“我原谅你了。”孙菲儿轻轻说，原来自己一直在恨他，她这时候才能面对自己的恨意。说完这句话，心里一松，好像卸下了很重很重的负担。

蔡朝晖当然听不到。

孙菲儿看着他的手指在删除键上犹豫了几次，不想再看下去了，她想，现在应该是告别最好的时候，这大概也是她最后一次用超能力来看他了。她默念着“回去，回去，回去”，然后回到床上，沉沉睡着了，连一个梦都没有。

又过了大半年，甜品店的生意一天比一天好，孙菲儿笑得越来越多，鲁自强那些网络段子有的明明并不那么好笑，可是不知道为什么她听了还是忍不住笑。

孙菲儿是个单纯的人，但并不蠢，她当然看得出鲁自强对自己的情意，她只是不确定自己是不是还有能力再去爱。她偶尔还是会想起蔡朝晖，她真的爱过他，这份爱在她内心燃烧后留下了一个洞，她认真努力一点点地补着这个洞，在补完之前，她不敢再爱了。

孙菲儿二十五岁生日这天早上，接到鲁自强的电话，说自己发热了，没法来上班。“我有几个靠谱甜品师的电话，我报给你。”他一边咳嗽一边说。

“不用了，就关店一天吧。你怎么样？”孙菲儿问。

“没事，感冒发热。”

“几度？去医院了没？”

“没事的。”

孙菲儿放心不下，问了他住址，去药店买了感冒药，带了点水果去看他。

鲁自强裹着被子给她开门，孙菲儿看看情况比他描述的严重，押着他去了医院。验血的时候，鲁自强转头不去看针头，那一刻孙菲儿觉得他就是个小孩子，心里“噼噗”一下，像冰裂开来的声音。

孙菲儿陪着鲁自强挂盐水，他吃了退烧药犯困，头垂到她肩膀上，发出轻轻的鼾声。孙菲儿一开始僵着身子，后来渐渐放松，把他的头小心调整到更舒服的角度。

注射室的壁挂电视上在播报财经新闻，深沪两市又创下了单日最大跌幅，创业板更是哀鸿遍野。身边人议论纷纷“股灾啊股灾”“跳楼都要挂号了”。

孙菲儿想到蔡朝晖的公司好像也上了创业板，拿出手机查了查股价，已经连着七八个跌停板了。不知道他怎么样了，他一直都是强者，可是毕竟，毕竟老了。

挂完盐水，孙菲儿送鲁自强回家。他躺在床上发汗，她去厨房给他熬粥，看到料理台上摆着一个做了一半的草莓蛋糕。

“那么用功，在家还做蛋糕啊？”孙菲儿笑。

“啊，那个……那个……本来是想给你的生日蛋糕。”鲁自强瓮声瓮气地说，“千万别吃了，搞不好有感冒病毒。”

“做了当然要吃，这是你给我做的第一个生日蛋糕。”孙菲儿说完挖了一块送到嘴里。

“怎么样？”

“还能怎么样，甜啊。”

折腾了大半天，鲁自强的热度退下去了，孙菲儿松口气回家。路上，车载电台一直在播报股市讯息，她越听越担心，越听越害怕。

到家，孙菲儿找出烟来抽了几口。“最后一次，真的最后一次。”她告诉自己，默念“蔡朝晖、蔡朝晖、蔡朝晖”。

他一个人在海边抽烟。

孙菲儿看了看周围，认出是本城新开发的海滩，如今不是海边度假的季节，目光所及处什么人都没有。

大半年不见，蔡朝晖老得多了，瘦了，原本永远挺着的腰佝偻起来，头发被海风吹得没了形，露出贴近头皮的那层白发，要不是太熟悉，第一眼恐怕都未必能认出他来。

情况真的很糟糕吧，孙菲儿站到他身边陪着他。

蔡朝晖抽完烟，拿出手机来看了看，孙菲儿看到很多未接来电。他没点开，把手机丢到了海里。

海边的黄昏，原本是很美的。孙菲儿想起和蔡朝晖去过海边度假，黄昏坐在退潮的沙滩上喝香槟吃海鲜，还有乐师拉小提琴。她都快忘了，曾经有过那样完美的快乐时光，那时候大概即使在快乐里，她也隐隐有种不会长久的忧虑，快乐得不够放松；后来分开了，又太痛苦，逼着自己忘，居然也真的快忘了。

蔡朝晖站着发呆，孙菲儿也站着发呆。她发现自己开始走神，她想念甜品店，想念店里那些无聊的午后，和鲁自强有一句没一句地聊天，那种温柔的、稳妥的、无意义的时光里头，有种她以前不曾细想的绵长的快乐和温暖，而这里，风大浪大，太凉了。

蔡朝晖摸了摸烟盒，烟抽完了。他慢慢慢慢朝海里走去，一步一步走得很慢，走几步停下来想想，又继续走几步。

海浪没过他的脚背、膝盖、大腿……

孙菲儿站在他身后看着，他的背影已经是个老人了，没有了所有成功包裹后，失败了的老人。

孙菲儿发现自己看着蔡朝晖，心里已经真的没有爱，没有恨，只有怜悯与一点淡淡的藐视：原来他也只是个凡人。她内心的那个洞，不知哪刻已经长好了。

孙菲儿念了三遍自己的名字，冲过去把他拽到岸边。

蔡朝晖躺在海滩上，呆呆看着孙菲儿："你是谁？为什么救我？"

孙菲儿笑笑："我是神仙啊。你命不该绝，你还有老婆孩子，生意失败算什么？享受你也享受过了，老了就安安稳稳过过没有钱的日子又怎么样了？死了就什么都没有了。你自己想清楚吧。"

孙菲儿说完管自己走了。

蔡朝晖不记得她的名字了，他果然没有了和她有关的所有回忆，在他，这只是丢了人生一块极小的拼图，忘了就忘了吧，忘了干净。

孙菲儿曾经很珍视蔡朝晖的这点回忆，哪怕在她已经不爱他了以后，也难免很多次记挂他看着她照片的落寞表情，这是曾经在她生命中最重要的人，留给她最后的陪伴。

如今，真的无所谓了。

第二天早上，孙菲儿煮好了粥去看鲁自强。太阳一晒，让她有从阴阳交界处回到人间的错觉，她记忆里有关蔡朝晖的部分也开始消散，噗噗噗噗，如阳光下的蔷薇泡沫。

而她终于存在。

欠了债的人

鲁自强没有想到，孙菲儿会答应他的求婚。

“真的？”鲁自强已经抱紧了孙菲儿，忍不住还要问她。

“当然是真的。”孙菲儿凑到鲁自强的耳朵边说，“我爱你啊。你知道我是什么样的人，还是爱我。我怎么会不爱你。”

爱上孙菲儿，可能是世界上最容易的事情了。从第一眼看到孙菲儿，鲁自强大概就爱上了她。

鲁自强不是没有见过美女。很早以前，他在一家高档夜店工作过，那里也颇有些漂亮女孩，但那些女孩太把好看当回事了,好看得和她们全身上下那些夸张的大首饰一样叮叮当当的，看几眼还好，久了就让人觉得吵，毫无余味的累。

面试鲁自强那天，孙菲儿不过穿了一件白衬衫，一条藏青色的阔腿裤，一双尖头平底鞋，除了戴了一块男装表，全身上下没有一件首饰，没有化妆。鲁自强看着她的脸，第一次知道了什么叫明眸善睐，什么叫唇红齿白。

“你的甜品老师是蓝带毕业的啊？”孙菲儿抬头问鲁自强。

“嗯，是，我在他手下干了快十年。”

“为什么不跟着他了呢？”

“他去香港工作了。”

“我这家甜品店是新开的，地段一般，只能靠做口碑了。你这样水平的甜点师，我当然是很需要的。不过你来我这里做，薪水不会很高，会不会委屈你呢？”孙菲儿问鲁自强，她的眉头轻轻皱着，很认真地看着鲁自强。

“无所谓的，我更喜欢来这样的小店，比较有自主权。”

“真的吗？太好了。你什么时候能上工？”孙菲儿笑着问鲁自强。

“明天。”

孙菲儿大笑着过来和鲁自强握手。

鲁自强看着孙菲儿的笑，心想，哪怕没有工钱，只要天天可以看到你笑，我都愿意来上班。

后来鲁自强发现，孙菲儿很少笑。店里来客人的时候还好，孙菲儿会笑着招呼，客人刚一转身，那个很职业的笑就散了，立刻恢复成一张没有表情的脸。

她有心事，鲁自强看得出来，但他不知道该怎么问。何况她那么美，又那么成功，年纪轻轻就能开这样一家店，他们，不可能的。不可能就不可能吧，能够在她身边看着她，陪着她，就很好了。

鲁自强在做甜品上很有经验，为了孙菲儿开心，他也特别努力，店里的生意一天天好起来，孙菲儿好像也开朗些了。鲁自强常常收集些笑话段子讲给孙菲儿听，孙菲儿笑得越来越多，鲁自强很得意。虽然她大概永远不会爱上自己，但他们渐渐地，不再是普通的上下级关系，他们是朋友，还是挺不错的那种。这样就够了。

有天下午，正是店里生意最清淡的时候，鲁自强拿着手机在给孙菲儿念段子，忽然门开了，进来一个中年男人，带着一个小女孩买蛋糕。那个男人和孙菲儿打了个照面，两人脸上的表情就让鲁自强明白了：他就是孙菲儿的心事。

鲁自强在很多新闻上见过那个男人，他是个有名的商人，家庭和睦，事业成功，真正的人生赢家。不需要多少想象力，鲁自强就明白了孙菲儿忧郁的来龙去脉。往日的阴影那么长那么厚，拖泥带水让现在的她仍然阴晴不定，也让他难过了很久。

难过归难过，鲁自强并没有放弃他的爱情，他并没有看不起孙菲儿。人活在这个世界上，谁会没有一些想抹去的过去呢？他也有。如果说有改变，那就是鲁自强对孙菲儿的爱不再是盲目的了，是理解之后，带着类似怜悯的温柔，反而更加执着。

有一天晚上，打烊后，孙菲儿和鲁自强在店里开了瓶红酒，孙菲儿把自己的故事都告诉了鲁自强，鲁自强默默听着。孙菲儿喝多了，他背着她回家，她的双手搂着他的脖子，趴在他肩膀上说："谢谢你啊，自强，我知道你一直在等我，还好你一直在等。"

鲁自强对孙菲儿说："放心吧，我会对你好的。"

孙菲儿搂紧了他。

从那天起到现在，已经两年多了，鲁自强是这么说的，也是这么做的。婚期就是下个礼拜了。

鲁自强把自己和孙菲儿的婚纱照做成易拉宝立到店门口。“店家大喜，全场八折”，照片上他们一人拿了一个蛋糕，笑得亮堂堂的，没有一丝阴影。

可能一个人的好运气总是有限的，鲁自强后来想，遇到孙菲儿，爱上孙菲儿，又让孙菲儿也爱上了自己，已经用光了自己所有的好运气。

打烊已经是深夜，孙菲儿先回家休息了。鲁自强把灯灭了，拉上卷闸门，锁好，回身要走的时候，撞到了一个人身上。“不好意思，不好意思。”他一边说，一边抬头看，“招娣，是你？”他宁愿自己撞见的是鬼。

“是我啊，你还认得出我啊。”王招娣嘴上叼着一根烟。

“我……我后来回去找你了，她们说你辞职了，我也去出租房找过了，你退租了……我欠你的那些钱，我马上还给你。”鲁自强一边说，一边打量王招娣。她老了，比她的实际年龄至少老五岁，这些年过得大概很不如意吧，当年她是夜店最好看的姑娘之一，花名莎莎。

王招娣，或者说莎莎，是鲁自强的心事，追了他很多年的一桩心事。中学毕业，从老家出来之后，他换了很多工作，有一阵子阴错阳差地在夜店学做调酒师。鲁自强年轻、面皮薄，姑娘们总爱逗他玩，有的也拿他撒气，他知道都是当不得真的，也不生气。她们被灌醉的样子，遇到特别粗野的顾客的样子，他都见过，见得多了。大家都是出来讨生活的，谁也不容易。

说到底，人要在这个世界上生存下去，总要出卖自己的一部分。

莎莎那时候很红，客人很多。她天生不会喝酒，怎么练也就半瓶红酒的量，越是不会喝，客人就越爱灌她。鲁自强看她可怜，经常调些假酒，帮她应付过去。一来二去的，他们两个就好上了。姐妹们都笑话莎莎，最该赚钱的时候，贴小白脸也就算了，她去贴个调酒的。

“你们管得着吗？他对我好，他会争气的。”

有次鲁自强听到莎莎和别的姑娘斗嘴。可能就是因为那句话，他决定一定要争气，不能辜负了莎莎。

夜店的客人三百六十行都有，有次来了个胖胖的广东男人，他喝了一口鲁自强调的血腥玛丽，说：“口感不错啊，蛮有天赋的，不比我们酒店酒廊的差。”鲁自强和他聊起，知道他是某家五星级酒店的甜品主管。大概是某种动物求生的直觉，让鲁自强抓住了这个机会，他求那个男人：“我想跟着你学做甜品，我别的不行，嘴巴是灵的，记性也好，手也巧。”

男人想了想，答应了：“可以啊，从学徒做起吧，先交五万块。吃不吃得了苦，能不能出来，就靠你自己了。”

鲁自强只有一万块，其他的四万，是莎莎给他的。他接过莎莎的钱的时候，不光是手，简直全身都在抖，他太知道这些钱是怎么攒的。鲁自强抱着莎莎说：“你等我，我会对你好的。”

人年轻的时候，会发自真心说一些自己也根本没有能力做到的誓言。

鲁自强进了酒店后厨，苦还是苦，累还是累，但环境敞亮，接触的人完全不同了，不夸张地说，好像是投胎转世了一般。他渐渐地很少去见莎莎了，一方面是忙，真的太忙，另一方面是他不愿意去见她。

人是很微妙的动物，一旦接受了他人的恩惠，一时无法报答，难免会在面对恩人的时候因为愧疚、自卑等混杂在一起而产生某种类似仇恨的情绪来，“最难消受美人恩”，何况莎莎不光是他的恩人，也是他的恋人。

莎莎也年轻，而且过得艰难，她无法理解更不能接受鲁自强的疏远，他们在一起就是吵架，好几次面临分手。要是真的分了也就好了，可是谁都不甘心，原本互相温暖的爱情，到头来成了互相折磨。

鲁自强的学徒生涯刚刚走上正轨，他好像在一个又黑又深的隧道里走了很久，前方已经开始有一点光亮了。说实在的，莎莎和她代表的有关他的过去，他已经不想再回顾，也回不了头了。

但是，莎莎说，她怀孕了。

正巧这时候，鲁自强的甜点师傅决定带着整个班子跳槽去外地，鲁自强做了这辈子最自私的决定，他不告而别了。临走时，他托夜店经理转交给莎莎一万块钱，叫她把孩子打掉，“等我安定一点了，一定把欠她的还给她”。

鲁自强硬着心肠换了手机，彻底重新开始，从头做人。他不是个没有良心的人，临近莎莎足月的日子，忍不住还是回来找她了。可是她早就走了——“我把钱交给她了，话也带到了，她当天就辞职了，谁也不知道她去哪里了。”

这之后，快十年了吧，鲁自强的日子一点点好起来。他有时候觉得自己已经把莎莎忘记了，可是终究忘不掉。她过得怎么样呢？有没有把孩子打掉呢？如果没有，孩子是男是女？鲁自强知道这个世界上恐怕还是会有报应的，他也一直隐约在等，他只是没有想到，莎莎会在他最幸福的时候找到他。

为什么是现在呢？为什么不能早一点呢？早一点的话，他还拥有得不多，可能还舍得放下，可是，偏偏是现在。

王招娣欣赏着他为难的表情：“你现在发达啦，要娶富婆啦？你这辈子哦，还真是好命，总是找得到女人养你。”

“是我对不起你，你要怎么样？孩子……孩子后来生下来了吗？”

“没有。”王招娣狠狠吸了一口烟，“我打掉了，小诊所做的，我不会生了。”

鲁自强看着王招娣蜡黄的脸，形销骨立的样子，手有一点轻微的无法自控的颤抖，他见到过这样的人。他知道，王招娣吸的，恐怕不只是烟而已。

“你要多少？”

“五十万，给你二十四个小时。拿不出来的话，我就找老板娘聊聊。她真好看，怎么被你骗到的？要是知道你是这样的人，恐怕结不了婚了吧。”

王招娣说完，自己走了。

鲁自强绝望了。他真的没有那么多钱，刚刚买了房子，交完酒席的定金，卡上还剩下三四万块钱。孙菲儿大概有钱，如果是别的事情，或者小点儿的数目，也许还能找个由头向她借，可是这个事情，他绝不能让她知道。

鲁自强呆呆坐进车里，发动了汽车，王招娣踩着高跟鞋在前面慢悠悠地走着。这条路上深夜没有什么人，也没有监控，如果撞过去的话，索性把她撞死的话……鲁自强心里又恐惧、又愤怒、又愧疚，他发动汽车，试探着踩了一脚油门，车没动，他一看，太紧张了，手刹都没有放下。

鲁自强一阵庆幸，幸好没有放下，否则差点，他就可能做出那么可怕的事。鲁自强一身都是汗，呆呆坐在车里，看着王招娣越走越远。

突然有个男人不知道从哪个角落蹿出来，坐到了他车里。

“你干吗？你出去！”鲁自强以为遇到抢劫的了，赶紧拉车门要逃，车门却打不开了。他拿起手机要拨110，手机没有信号。

“我说，别紧张，我不是坏人，至少不是个想要撞死老情人的坏人。”

“你什么人？你什么意思？”

“我是妖怪咯，不是妖怪怎么会知道你想干什么，怎么能把车锁上，怎么能把手机信号屏蔽了？我说，你还是跟我做个交易吧。”

“什么交易？”鲁自强有点相信他了。

“很简单，你呢，把你的良心交给我，我帮你忙。”

“你要我的良心干吗？我没有了良心的话，会怎么样？”鲁自强问。

“良心啊，本来就是你们人类活着的负担，没有良心的话，会活得特别好，特别轻松。你要是知道哪些人已经把他们的良心卖给我了，保证吓一跳，他们啊，都是人中龙凤，你仰着脖子都看不到的。真的，这笔交易可太便宜你了。”

“你说要帮我忙，怎么个帮法？”

“PLAN A，我给你五十万。”

“真的？”

“说到做到。不过王招娣这种人，你认为她能说到做到吗？”

鲁自强想了想，王招娣恐怕的确不会轻易放过他的，他欠她的，到底不光是钱而已。

“你也知道会有后患吧？没事，还有PLAN B呢，我帮你让她彻底消失。”

“彻底消失？你的意思是你会弄死她？”

“具体你就别问了，反正她会从你生命里永远消失，永绝后患。反正嘛，她是个又吸毒、又卖淫、又赌博的烂人，让她这么过，她也活不了多久了。我帮你，用不着你自己动手，多好。没事的，我是有名的‘没事妖怪’啊。”

鲁自强犹豫着，他知道，如果不做交易的话，他的生活从此恐怕天翻地覆。可是……

这时，一阵大风把鲁自强忘记收进去的易拉宝吹了过来，刚好吹到车前的空地上。路灯晕黄的光下，孙菲儿和他笑得那么好，笑得亮堂堂的，没有一丝阴影。鲁自强满怀温柔地想到孙菲儿，想到他承诺她的：“放心吧，我会对你好的。”那时候她趴在他肩膀上说：“我相信你，你是个好男人。”她信任他，他不能辜负她。

鲁自强又想到很多年以前，年轻的王招娣说过：“他对我好，他会争气的。”他在最对不起她的时候，也曾经承诺：“等我安定一点了，一定把欠她的还给她。”现在，就是兑现承诺的时候了。

鲁自强决定了，他简直奇怪自己居然犹豫过。“我不交易。”

没事妖怪吓了一跳：“你傻吗？你不想和孙菲儿结婚了吗？”

“想啊，很想，这辈子都好像在等她。但我欠了王招娣的，我还不还得起是一回事，还不还是另外一回事。因为还不起就跑的事，我年轻时已经做过了。快十年了，我没有一天安心过。我绝对不会把我的良心给你的，我要留着它，慢慢还债。”

没事妖怪指了指易拉宝上的孙菲儿：“那她呢？”

“她爱我，就会相信我，就会和我一起扛过去。连这件事情都不能一起扛的人，未来几十年，怎么一起过？你该走了。我要回家和老婆坦白去了。”

刻下我的名字

如果世界上真的有神仙就好了，我就可以求他让我永远忘记费舒骏，不，从一开始就不要认识费舒骏了。陈嘉琦最近常常这么想。

费舒骏算是陈嘉琦的男朋友。之所以说“算是”，是因为陈嘉琦真的不确定他们之间到底算是什么关系。费舒骏是一家房地产公司的办公室主任，陈嘉琦是公司前台，两人差了十岁，在工作环境里，只是最普通的上下级关系。而私底下，他们一周见一到两次面，喝咖啡、吃饭、看电影、上床，这种私人关系已经持续了大半年。

常年在动辄几十个亿的行业里浸泡，也算走到了食物链的中高端，身边都是人中龙凤。费舒骏是很有模样的，开捷豹的车，穿巴利的皮鞋，用万宝龙的签字笔，戴万国表，日常西装是雨果波士的，重要场合穿伦敦定做的，就连掏出的打火机也是卡地亚的。陈嘉琦从一开始就喜欢上了他，他那种浑身散发出来的金光闪闪的成功感，一切尽在掌握的能干，实在够男人、够性感。

他们的开始，是陈嘉琦主动的。那天陈嘉琦被策划部的一个小头目痛骂，毫无理由地指责她弄丢了快件，刚好费舒骏路过，三下五除二帮陈嘉琦解了围。陈嘉琦非常感激，犹豫很久，当晚发短信约费舒骏吃饭，“只是表示感谢”，并没有指望他会同意。谁知道他不光同意了，还定下了约会的时间和地点，那次吃饭是他买的单。从此，两人开始了心照不宣的联系和约会。

平心而论，陈嘉琦是漂亮女孩，她也知道，如果不漂亮，费舒骏可能根本不会看自己一眼。他们两个的约会是顺利的，堪称愉快，有时候简直太愉快了。但费舒骏对自己到底是什么情感，陈嘉琦一点把握也没有。费舒骏今年三十五岁了，成熟、稳重、聪明，可能太聪明了，所有情绪都不过量，说话斟字酌句，滴水不漏。

有一次，在床上，陈嘉琦忍不住对费舒骏说了“我爱你”，说出口就后悔了，觉得唐突，又像在逼他表态。费舒骏点了根烟，拍拍她的脑袋，微笑着说：“我也爱你啊，你很可爱。”妥帖，温和，不失礼。陈嘉琦却不满足，她感觉自己像是一条小狗，摇了半天尾巴，被主人拍拍头赏了一根骨头，那并不是她想要的反应、想要的答复——再是受宠，也只是条小狗。但关于爱，他们之间只有过这一次像样的对话，陈嘉琦不是不想再问，是不敢再问，她怕自己轻举妄动，会连现有的关系都无法维持。

陈嘉琦后来也试探过若干次，然而就像下围棋遇到了九段高手，费舒骏总能谈笑间就把她那种一望而知的小伎俩看破，轻轻松松化解掉。关于未来，费舒骏只字不提。陈嘉琦想过离开，她实在受不了自己的情绪和情感被费舒骏主宰，爱情让她产生了狂热的依恋之情，类似生病，而费舒骏看来还不是病人。那可怎么办好呢？只有病人才知道病人的难处啊。陈嘉琦是还年轻，但年轻总会过去的，在对未来毫无指望的时候，她无数次劝自己快些抛开他，去找一个踏踏实实愿意认真规划将来的人，谈一场有结果的恋爱。

有一次，陈嘉琦几乎下定了决心，那天她陪费舒骏去草地音乐节。她来了例假，全身不舒服，本来不想去的，费舒骏硬拉着她去："去听听李志，我特别喜欢他，他写得很好，又丧，又很真实。"

李志唱了几首歌，最后一首是《和你在一起》，歌里唱着："如果我们不能结婚，你怎么受得了，宝贝，我知道，虽然你不说；如果我们就要结婚，我怎么能受得了，宝贝，别在夜里等我……"陈嘉琦听到这里，全身都像冻住了，她花了很大力气才能扭头看费舒骏，他专心看着台上，跟着轻声哼歌。陈嘉琦疑心，他就是为了让她听到这首歌才拉着她来的。

就在陈嘉琦以为自己下定决心的时候，两人一起在费舒骏家里看老电影，岩井俊二的《情书》，陈嘉琦是第一次看，开始觉得很闷，看到后来却哭得稀里哗啦。费舒骏递给她餐巾纸，说："很美好吧，我看了很多遍了，最早的爱情，沉默的、骄傲的。那种情感，像小鸡出壳时看到谁就是谁了，会缠在心上很久。"那一刻陈嘉琦又舍不得放弃他了，他明明是懂得爱的啊，可以说出那么温柔的话的人，本质上应该并不冷酷，那么，也许天长日久，真的会爱上自己的吧。

他们的关系，就在陈嘉琦的患得患失中继续着。她明白自己是爱上了一个曾经爱过很多次、有着足够经验的人，费舒骏的心已经被前人反复搓揉、修改擦拭，要写上自己的名字谈何容易，只是要离开，又好像真的做不到。

夏天黄昏的暴雨总是又可恨又可爱，正大光明，劈头盖脸，全世界都被小李飞刀洞穿，所有车辆都在路上被点了穴。陈嘉琦打着伞，从公司出来，穿过马路要去对面的地铁站。她看到一个穿着白色连衣裙的女孩一瘸一拐地走着，没有打伞，全身都被雨淋透了。陈嘉琦上前搀着女孩穿过马路，一起到一家咖啡馆的屋檐下避雨。

“谢谢你。”女孩说。

“没事的。你的脚怎么了？”陈嘉琦问。

“我第一次穿高跟鞋，脚被磨破了。”女孩吐吐舌头，给陈嘉琦看自己的脚后跟。

陈嘉琦从口袋里掏出两张创可贴给女孩：“贴上去吧。以后新买高跟鞋要用湿毛巾在挤脚的地方焐几分钟，然后再拿块干的软毛巾包住用锤子敲几下，鞋子皮质变软就不会磨脚了。”

女孩接过创可贴，贴到脚后跟上：“谢谢姐姐，我记住了。”

陈嘉琦正要走，女孩问她：“姐姐，你有什么特别想实现的愿望吗？我可以帮你哦。”

陈嘉琦笑了：“我的愿望啊，大概只有神仙才能帮。”

女孩很认真地说：“你就当我是神仙吧，说来听听。”

陈嘉琦看着漫天的雨丝说："我想进一个人的心里去看看，想在他心里刻上我的名字。"

女孩说："哦，你恋爱了。"

陈嘉琦有点不好意思："我先走了，再见。"

女孩拉住陈嘉琦："我可以帮你，真的。你只要在纸上画一颗心，写上你爱的人的名字，就可以进到他心里，在他的心上刻上你的名字。不过——我的魔法都是有'不过'的，大家都叫我'不过神仙'——你只有一次机会，十分钟。"

陈嘉琦觉得女孩很古怪，不愿和她多待，说自己赶着回家，匆匆告别。

那天晚上，陈嘉琦给费舒骏发微信，他很久都没有回。这在他是常态，他太忙了，加班、应酬，可是，如果真的爱自己的话，难道会没有空回哪怕一句"在忙，待会儿联系你"吗？说到底，他只是不够在意自己罢了。陈嘉琦大致知道真相，只是真相难以下咽，所以她不愿面对而已。

陈嘉琦起身找了张纸，画了一颗心，一边画一边笑话自己，因为爱情而变成了一个傻子，然而没有办法，现在的确是这样傻着，傻好像比较容易快乐一点。她一笔一画地写下费舒骏的名字，写到最后一捺的时候，嗖，忽然到了一个地方。

这个地方红红的、暖暖的，咚咚咚咚，有节奏地颤动着，上面结了一层薄薄的壳，脚踩之处软软的有弹性。她忽然明白自己真的到了费舒骏的心里。天哪，自己真的遇到神仙了，她兴奋得只想大叫。

陈嘉琦看看手表，还有九分钟。她好奇地四处看看，有的地方冒着寒气，有的地方荒草丛生，有的地方像结了疤。陈嘉琦蹲下来仔细看那些疤，果然，都是人的名字。

陈嘉琦抚摸一个名字，脑中过电影一般看到了费舒骏和那个名字的过去：高中，初恋，高考后天各一方，长途电话，苦苦等待的寒暑假，女孩移情别恋，费舒骏买醉痛哭。哦，俗套的，人人难免的过去。

陈嘉琦又摸着另一个名字，年轻的费舒骏，攒了两个月的工资买了名牌包给她，她转身上了豪车。哦，又是俗套的，天天在发生的故事。

陈嘉琦再换一个名字，已经是她比较熟悉的那个费舒骏了，女人说，“你不跟我去美国的话，我们可能就没有未来了”，费舒骏说抱歉，女人痛哭着离开后，费舒骏买了平生第一包烟。哦，仍然是俗套的，异常现实主义的当代爱情。

陈嘉琦看看手表，只剩下三分钟了，没有时间再看别的故事，抓紧刻自己的名字吧。可是手头没有任何工具，陈嘉琦犹豫了一下，用指甲开始刻。“噗”的一声闷响，费舒骏的心上被她刻上了浅浅的一道，血溅出来了，温热新鲜的血喷到陈嘉琦手上，吓了她一跳。他会疼吧，陈嘉琦想，顾不上了，疼就疼吧，她的心也一样疼过的，疼着的。她狠着心继续刻，还没刻完“陈”字，费舒骏的心上已经血流成河，淹没了陈嘉琦的脚背。

陈嘉琦再也刻不下去了。她不忍心，她的心天天感受着这种疼痛，那是她自愿的，不曾抵抗，这种疼痛到底有多少价值呢？那些费舒骏忍受着痛苦刻下了名字的人，不还是和他分开了吗？无论主动或者被动，只留下一个疤痕，表示自己曾经来过，也只是来过而已。

陈嘉琦发现自己真的爱费舒骏，爱得可能比自己想象的还要深，爱到心疼他，不愿他再受这样的痛苦折磨。留不下就留不下吧，没有未来就没有未来吧，摆在足够长的时间里，比如一生，过程和结果，得到或失去，看起来都没有那么重要了。

陈嘉琦从口袋里掏出创可贴，贴在费舒骏的心上，温柔地拍了拍，看看手表，等待最后一分钟过去。大概会后悔吧，她想，后悔也无所谓了，她没有那么在乎。

陈嘉琦站直身子四处张望。这时，她看到角落里，开着一朵很小很小的白色花朵，她来不及细看，嗖，已经回到了房间里。

陈嘉琦定定神，看看自己的手和脚，都是干干净净的，并无血污，但不知道为什么，她确信自己刚才是真的去过了费舒骏的心里。这时手机响了，是费舒骏的微信，陈嘉琦点开来听，他说：“刚才手机落在车里了。睡了吗？是你在我车里挂的栀子花吧，很香。”

一个陌生女人的来信

大中房地产副总经理费舒骏去美国出差了一周，到底四十岁了，倒时差是个大问题，这几天他都觉得脑子昏昏沉沉，隐约像是忘记了重要的事情。幸好没有，谈判出奇的顺利。

刚下飞机，费舒骏接到未婚妻 Maggie 的电话，约他见面挑礼服，他告饶："明天吧，今天累得像条狗。" Maggie 不太开心，费舒骏对着手机"汪汪"了两声，才算把大小姐哄好了。真是难伺候啊，费舒骏挂了手机，说不出的疲惫和索然。

回到家里看到桌上摆了一封信和厚厚几沓钱。费舒骏吓了一跳，自己独居已久，谁会有他家里的钥匙呢？

费舒骏顾不上脱掉西装，赶紧开始看信。

费舒骏：

你好。

收到这封信的时候，什么都迟了，你已经彻底忘记了我——一个和你一起生活了五年的女人，一个爱了你五年的女人。

你都不记得了吧？不记得就对了。我遇到了一个妖怪，“没事妖怪”，和他做了交易，他让我选择是让你彻底忘记我，还是让我彻底忘记你。“没事的，”他说，“我保证，一旦删除了回忆，所有有关的线索证据也一并灰飞烟灭，绝对不会有再想起来的危险。”

我当然要忘记你，不忘记不行，但他提出的交易条件太苛刻了，我舍不得答应，所以，我选择让你忘记我。

说起来，我还遇到过神仙，“不过神仙”，她给了我一个机会去你的心里，“不过只有一次机会，十分钟”。我好傻，没有好好利用。

你没有见过自己的心吧？我见过，那里红红的、暖暖的，结了一层薄薄的壳，有的地方冒着寒气，有的地方荒草丛生，还有的地方结着疤，疤痕都是人的名字，你爱过的人的名字。我去的时候，那里没有我的名字。我想作弊来着，拿手指甲刻自己的名字，可是你的心开始流血了，我怕你疼。谁叫我爱你呢，是真的爱，那种爱里没有任何招数，没有任何办法，我不忍心你疼，在你心里贴了个创可贴就离开了。

后来的五年，我常常问自己，后悔吗？有时候后悔，被你伤害的时候，特别后悔，痛恨自己为什么要心软，为什么不让你也痛苦。可有时候，真的也不后悔。

我们是有过好时光的。

你在温柔的时候，是特别温柔的。我记得有一天凌晨醒来，你在我身边打着呼噜，我枕着你的左边胳膊，你忽然伸出右手挠着我的头发，我一动不敢动，看着你，在心里说了无数遍我爱你。那时候天光微亮，照在你的脸上，你像个孩子似的傻笑着，不知道是做了什么梦，我一厢情愿，认定梦里有我，是我让你有那个傻笑。那时候我发誓，不管你怎么对我，我都要好好爱你，陪伴你，守护你。

其实你这样的强者，怎么会需要我的守护呢？可是因为爱你啊，爱里难免有着不自量力。你那些孩子气的瞬间，我都记得。你和我一起玩Wii的网球，谁输谁洗碗，你可真拼啊，我从来没有见过比你更在乎赢的人，把客厅的花瓶都打碎了。其实不用那么拼的，既然赢让你快乐，那么赢就是好的，我就会一直让你赢。

还有一年冬天我们去爬山看日出，你那么懒又那么忙，难得肯陪我做这样没有性价比的傻事，我很快乐。凌晨的山上是冷清的，鸟叫声都带着寒气，山上的云很厚，天空介于烟灰色与鹅蛋青之间，我不知道你想到了什么，忽然抓着我的手。我不敢看你，好像看了就要从最美的梦里醒来。但在那一刻，我确信，我们是彼此爱着的，你只有我，我只有你，我们交出了各自的孤独和忐忑，换回来牵着手的温度和理解。哪怕就为了那一刻，我以为我也可以一直等你。

今年我三十岁了，你四十岁了。我已经等了五年，等你明白你心里有我，等你说爱我，等你说娶我，越等越清楚，大概是等不到了。可你是我的病，也是我的药，我明白你是有毒的，却也不知道该怎么离开你。

这一年来你对我已经很冷淡了，我实在不是一个能干的、聪明的、可以帮着你一路赢下去的人，人生那么多需要的技能，我只学会了爱你而已，而爱对你来说是远远不够的。何况在我之前，你已经爱过了，那些留在你心里的名字，一点点地耗去了你爱的能力。你对情感的投入是节省的，追求物质享乐，你以一个强者的身份合理安排着你的人生。而我始终记得你心里的那点暖意，不甘心地认定你心底尚有一团阴燃着的火焰，只要我一直努力拨动，它迟早会为我燃烧起来。

这种自欺欺人的希望，让我认为我永远不会怪你，直到我在路上撞见你和Maggie手牵手逛街挑婚戒。你是那么镇定，客套地冲着我笑，对着Maggie介绍："老同事。"对着我介绍："未婚妻。"那一刻我终于明白，我的爱是多么可笑的东西，毫无意义，贱如草芥。我也终于明白我还是会怪你的，何止怪，我恨你。

那天深夜你来和我谈分手，我强自镇定地听你谈条件。你说Maggie很好，很适合你，年轻、漂亮、学历高、家世好，也是人生赢家，你们两个在一起，强强联合，肯定会一路披荆斩棘地赢过去。我知道你薄情，只是没有想到你会那么薄情，你一刀刀捅过来，只为了尽快杀死我的心，快刀斩乱麻地像处理一件棘手的客户投诉那样处理掉我。

我听见你理性地和我探讨对我的补偿方案，五年的青春，应该折算成多少人民币才是合理的。我随口说了一个荒唐的数字，听到你的声音里有种轻松的情绪——“好吧。”你打开随身的包掏出钱来，原来早有准备。我看着你的脸，我爱了五年的人的脸，一丝一毫的愧疚也没有的脸，带着一点不耐烦和轻松。你肯定想，也算对得起我了吧，原来我对你，也不过如此。你以为你已经出了一个我无法拒绝的价格，我就可以从此乖乖消失了。你实在是低估了一个女人爱的分量，和被彻底辜负之后恨的分量。等你走了，我看了看摄像机，该拍的都拍下来了，很好。

我计划得很好，所有证据我都要刻盘。一份送给Maggie的爸爸，他只有Maggie这么一个女儿吧，手上正握着你新项目贷款额度的生杀予夺大权；一份送给Maggie，让她明白自己要嫁给什么样的人；一份留着以防万一，万一你还是要结婚，我一定想办法让婚礼来宾都能收到这份大礼。

我想着这一切的时候，嘴里有舔到利刃一般的滋味，混杂了金属的冰冷和血液的腥味，我想，大概这就是让你迷恋的赢的味道吧，不是不痛快的。

这时有人敲门，我在瞬间有一丝侥幸，以为是你，开门却见到一个怪人，就是我开头说的那个妖怪。我正要把他赶走，他一口气把我和你的事情说了一遍，不由得我不信他是妖怪。他说："你这种报复手段一点用也没有，你以为这个世界的运行规则是怎么样的？你以为赢家们会在乎这么一点小小的真实的丑恶吗？你信不信，你所做的一切，他们根本不会真的在乎，该结婚结婚，该白头偕老白头偕老。而你呢，你还是会一样痛苦。"

"那我应该怎么办呢？"我跌坐在地上问妖怪。

"我们来做个交易吧。我给你个选择：PLAN A，我可以拿走你爱的能力，让你彻底忘记他，你不会再为了他痛苦；PLAN B，我拿走他爱的能力，让他彻底忘记你，他一辈子再也不会爱别人，也算是对你的安慰吧。"妖怪说。

"什么才叫拿走爱的能力呢？"我问妖怪。

妖怪笑了："你不是去过他心里吗？暖暖的，上面有层薄薄的壳对吧？我可以让那颗心变得凉凉的，让那层壳变厚变硬，再也无懈可击，别说手指甲了，就是拿把最锋利的刀也刻不下一道痕迹。"

我想了很久，我是想忘记你，但从此不会再爱，可以吗?

拜你所赐,我已经知道爱可以多么痛苦,太知道了。如果从此不会再爱,大概就可以学会像你这样活着了吧。

就差一点点,我就要选 PLAN A 了。

这时第一道晨光穿透窗帘打到我脸上,那道新生的光看上去那么幼小,软弱无力,却带着温暖击中了我。我真是不争气,想到的还是你,想到你在睡梦中摸着我头发时脸上的笑容,想着那次在山顶时你手的温度。那种笑容和温度,不会爱了,就再也不会有了吧。

我选了 PLAN B。

爱了错误的人,当然是痛苦的。可是爱啊,爱本身还是好的、珍贵的,可以抵得上所有伤害。我爱过你,视若珍宝地爱过,我以为这样的爱才是人生最大的战利品,你赢到了,却不在意。现在我走了,彻底消失了,你不花一分一厘,而且永绝后患。你现在拥有一颗刀枪不入的心,再也不会给世界留下击败你的破绽。

我呢,在之后很长的时间里,大概还是会忍不住想起你吧,想你的时候一定会很痛苦,会哭,会难过。我会珍惜那份因为爱而引燃的痛苦,慢慢治愈我的心。我呢,说出来不怕你笑话,还是不怕去爱。

不知道为什么,我认定,输的那个,不是我。

费舒骏看完信，抽了一根烟，他坐在沙发上呆呆地想，这到底是谁写的？真的有一个人曾经这样对他吗？他一点都想不起来了，一点线索也没有。

费舒骏站起来打开窗，看着城市流离的夜色，风吹到他脸上，有点冷，他摸摸自己的胸口，心脏跳得不急不缓，没有一丝波澜。

最后他坐下，等待黎明的第一道天光。

后悔的，和不后悔的

蒋凌霄在结婚第十年的时候，遇到了薛云飞。

在这个朝令夕改的时代，任何一桩延续十年的婚姻，都可以算得上是小规模的天长地久了。在此之前，作为一个专打离婚官司的律师，蒋凌霄已经目睹了太多桩离婚，绝大多数的诱因是外遇。

说实在的，蒋凌霄不是很能理解那些当事人，尤其是和她差不多年纪的当事人。不就是恋爱吗，结婚前难道还没有谈腻吗，还能有什么新鲜的？何况人到中年，皮相开始衰败，各种经验丰富到麻木，再返老还童去追求所谓爱情，做些肉麻幼稚的事情，疯狂到不惜付出极大的代价重新定义人生，性价比之低让她觉得可笑，无法理性处理情感简直可耻。

蒋凌霄自觉人生么，过了三十岁以后，就走得特别快。像她，眨眼就三十八岁了，有时候看看老公头上的白发，再摸摸自己眼角的细纹，总觉得人生不过如此，闭上眼，睁开眼，就差不多可以白头偕老了，何必为了一点欲望节外生枝。

真的想念爱情的话，就看看偶像剧，看看小妞电影，欣赏下年轻的、美好的肉体和现实中从不会发生的跌宕起伏，毫无风险地隔岸观火，做个短暂的春梦。

可是遇到薛云飞，她终于明白了，或者说，她终于也糊涂了。

那次是律所的酒会，邀请了一些顾问单位的代表。在人多的场合，蒋凌霄为了抵抗无聊，总喜欢把眼前的人想象成各种动物：肥头大耳的商人看着特别像大象，年轻貌美的小姑娘像狐狸，中年而不服老的浓妆女人像金刚鹦鹉，帅气自恋的年轻男人像鼻子湿漉漉的小猎犬……

薛云飞是一家上市公司派来的代表，穿得光鲜体面在人群中穿梭。蒋凌霄看着他脸色红润、言谈夸张，想象着一只孔雀开屏的模样，不由自主地笑了，薛云飞刚好就看到了她的笑，也朝她笑笑，点点头。这时刚好老板路过，把蒋凌霄介绍给薛云飞："我们所最好的离婚律师。"于是两人握手，说了几句客套话。

薛云飞的手温暖柔软，带一点点汗，因为之前眼光交错的那个笑，他们握手的时间比寻常第一次见面交际所需的长了那么一秒钟。就在这一秒钟里，蒋凌霄好像听到空气中"咔哒"一声。后来她才知道，那是命运的转盘在幽暗中上了发条，开始慢慢地、令人陶醉而失去控制地运转。

薛云飞要了蒋凌霄的名片，他正需要一个离婚律师。

第二天，两人在蒋凌霄的办公室见面了。

"为什么要离婚呢？"

"老婆有外遇了。"

这个答案倒是令人有点意外，四十出头的成功男人，很少是被甩的那方。蒋凌霄抬眼看看薛云飞，神情和所有要离婚的人一样带着困惑和疲惫，脸上的肉有一点点松弛，不像孔雀了，像一只受了伤的老狗，让人简直想拍拍他的头。

蒋凌霄是个没有好奇心的人，“哦”了一声算是知道了。

“她太小了，我和她有时差问题，你明白吗？”薛云飞说。

蒋凌霄想了想，点点头：“不敢说明白，大致可以想象。”

薛云飞看看蒋凌霄：“不知道为什么，我觉得你是真的明白的。”

说完两人都是一怔，然后开始聊正事。

一聊就聊到了晚饭时间，薛云飞请蒋凌霄吃饭。蒋凌霄正要拒绝，薛云飞开玩笑：“保证不谈官司的事情，你每小时一千块，我不敢占这个大便宜。”话都说到这个份上了，加上自己的车刚好限行，本来也得在外头解决晚饭，蒋凌霄就答应了。

吃饭的时候，薛云飞说到做到，没有聊任何有关官司的事情，两个人从宏观经济、房价、股票开始聊起，由大及小、由远及近，天南海北聊了很多，以至于蒋凌霄有些出神。很久没有这样和人说话了，年纪大了，老朋友之间没有新鲜的可以聊，又几乎不会再交新朋友，交谈的乐趣仿佛是奢侈品。

吃完饭后，他们两个已经可以算是朋友了。走到电梯里，按了一楼，两人还在聊着爱彼迎的经营模式，电梯抖了两下，忽然停了，灯也黑了。薛云飞赶紧掏出手机当作电筒，并按了紧急通话键，保安说好像是附近一个大变电站烧了，马上就能启动应急电源救他们出来。

蒋凌霄拿出手机，给老公打电话："我要晚点回来，和客户吃饭，还要聊点事情。你陪着芸芸练琴吧。"说完挂了电话，打开了手机电筒。

"怎么不告诉他困在电梯里了？"

"这点小事情，有什么好告诉的？告诉他有用吗？"

"干吗开着电筒啊？省点电吧。"

"我……我有一点点怕黑。"

"这样啊，其实我也有点。我小时候在农村，半夜总是停电……"薛云飞绘声绘色地描述孩子气的往事，要是他不说，谁也看不出他也曾经是个漫山遍野乱跑的野猴，蒋凌霄被他逗得笑了。手机的微光中，她忍不住摸摸自己的脸，习惯客套微笑的脸，这一刻有点软了。薛云飞正好看她，冲口而出："哦，原来你真的笑是这样的。"

说出口两人都尴尬了。沉默、黑暗、狭小的空间，呈对角线站立的两个人，谁都不知该如何结束这种尴尬，而令人奇怪的是，这种尴尬背后，好像还有一丝出人意料的甜蜜。

这时电梯突然激烈地抖动起来，薛云飞下意识一把把蒋凌霄抓到身边，按着她的头叫她贴墙蹲下。那一抓和一按引发了蒋凌霄的一阵颤抖，脑子里电光火石想到最近那些电梯出事的案例——不会和这个人死在一起吧？

电梯又抖了几下，灯亮了，恢复了正常，稳稳当当地停在了一楼，两人狼狈而庆幸地离开。

走在路上，正是最早的秋风吹起的时候，蒋凌霄不自觉地环抱着自己。薛云飞问她冷不冷，蒋凌霄还没有回答，薛云飞已经脱下风衣披到她身上：“我们也算同生共死过，别客气，我看你都吓出虚汗了。”

薛云飞的体温通过风衣传到她身上，说不出的迤逦缠绵。他们沉默着走到了各自的车旁，告别。

那天晚上回到家，蒋凌霄发现薛云飞加了自己的微信，问她到家了吗,“和你聊天特别愉快,很久没有这种舒服的感觉了”。

蒋凌霄是明白人，因为明白，所以也没有太当回事，她认为自己完全可以掌握局势。从此两人还是免不了见面，除了聊官司，也会在朋友圈里互动一下，或者在微信上聊些言不及义的话题。

他们两个都低估了习惯的力量，以及棋逢对手的快乐。对话越来越频繁，见面越来越多，这种淡淡的、绵延的联系，开始慢慢渗透、填充进蒋凌霄生活的缝隙，开始她还会挡一挡，后来就懒得挡了。人生千疮百孔，一眼望去又漫长得看不到结尾，能打一点补丁也好啊，打上了就能多支撑一些时间。何况，彼此都是聪明人，聪明人的好处在于自爱。她自欺欺人地想，自爱的人应该不会伤害生活的平静。应该吧。

薛云飞成功离婚的那天晚上，约蒋凌霄吃饭，两个人喝掉了一瓶红酒，走出餐厅，薛云飞终于拉住了蒋凌霄的手，十指相扣，刻意抓得很紧，两人的手都微微发颤。太可笑了，这种对对方的渴望太可笑了，不该发生在他们的年纪，但那种动物性的、迷恋对方的感觉，带着歉疚的甜美，不被许可因此加重了快感的满足，实在令人迷狂。

蒋凌霄终于也明白了人生灰色地带的真相。中年人的欲望，大概不过是对已经逝去青春的那点回光返照。人生无奈又有趣的地方，就在于这种完全明白之后，清醒自知的迷醉。

终于明白了，其实明白的啊，但就是躲不开，因为内心不想躲，所以这条路千千万万人走过，也会有千千万万人继续走上去。

那晚他们牵着手走了小半个城市，到了蒋凌霄家附近的时候，她终于像从梦里醒来了一样挣脱了薛云飞的手，而薛云飞干脆地一把抱住了她，吻了她。

"我爱你。"薛云飞走之前说。

蒋凌霄因为酒精和那个吻，一脚深一脚浅地走着，像走在梦里。她抬头看城市的夜空，明月当空，星光摇曳，立足不稳的情绪，一不留神撞倒了人。

"啊，不好意思。"蒋凌霄赶紧把被撞的姑娘扶起来。二十岁不到，穿着无袖的白色连衣裙。天哪，这个气温，怎么会穿这么少，是和家里人吵架了吧。蒋凌霄不由得想到了自己的女儿，这让她内心涌起了翻江倒海的愧疚感。

"没事的。"女孩起身就要离开。

"等等。"蒋凌霄叫住女孩，"我……我冒昧了，但是，你有什么需要帮忙的吗？冷不冷？"

女孩看着蒋凌霄："还好，有点……唉，我不知道该怎么说……”

蒋凌霄不由自主地把自己的围巾解下来递给女孩：“赶快系上吧，得肺炎不是开玩笑的。”

女孩惊讶地接过围巾系上：“谢谢阿姨，你真是好人。”

是啊，阿姨，自己是做阿姨的人了，还有什么资格心乱如麻啊。蒋凌霄叹口气。

女孩说：“阿姨，你有什么烦心事吗？我说不定可以帮你哦。”

蒋凌霄苦笑：“你帮不了，除非这个世界上有后悔药卖。”

女孩说：“后悔啊？你做错事情了？”

蒋凌霄低头：“是啊，做错事情了。”

女孩一手抓住蒋凌霄的手，一手在空中挥舞着说：“我让你有后悔的机会，你只要在心里认真想你后悔的那件事，就可以回到过去重新选择，不过——我的魔法都是有‘不过’的，大家都叫我‘不过神仙’——你只有一次机会哦。”

说完，女孩笑着离开了。

蒋凌霄怀疑，女孩喝的酒比她还多。

回到家，老公还在应酬没有回来，女儿已经做完功课开始练琴了。蒋凌霄呆呆地坐在客厅里，看着几个月前拍的全家福，如梦初醒一样想：接下来该怎么办？

PLAN A，悬崖勒马，再也不要联系了。这样当然是最为理性的解决方案，只是谈何容易，感情毕竟不是电源开关，按下关闭就行了，就算自己这一刻勉强可以做到，只要薛云飞纠缠，她自问还是会心软的。

PLAN B，离婚，和薛云飞结婚。蒋凌霄看着全家福里的老公和女儿——不行，绝对不能这样对他们。何况薛云飞对自己的爱，本质上恐怕是建立在上一段婚姻中被击溃的自信心、自尊心的心理需求上，不然，一个娶了二十五岁女人的男人，怎么会在两年后完全改变审美倾向，转而追求三十八岁的女人？他还没有孩子，自己又几乎过了生育年龄，绝对不是他适合的结婚对象。

PLAN C，保持现状，顺其自然。无非外遇嘛，天底下没有新鲜的事情，每天都有无数人在玩火。可是她接手了太多案子，每一团最终燎原的大火，开始看上去都只是一点异常乖巧可控的火苗，她凭什么相信，他们可以幸运到不被这团火烧毁现有的生活？

这时候，薛云飞的微信追来了："亲了你，说爱你，我不后悔。"

到底不是十八岁了，蒋凌霄深知一个不伴随任何方案的表白，仅仅只是一时的勇气而已。不后悔？是啊，现在是不后悔，以后呢？

蒋凌霄想，我是真的很后悔接了你的官司，后悔认识了你。

嗖。蒋凌霄发现自己换了衣着，回到了几个月前的公司酒会上。肥头大耳的商人看着特别像大象，年轻貌美的小姑娘像狐狸，中年而不服老的浓妆女人像金刚鹦鹉，帅气自恋的年轻男人像鼻子湿漉漉的小猎犬，薛云飞穿得光鲜体面在人群中穿梭，像一只开屏的孔雀……蒋凌霄呆住了。

老板路过，把蒋凌霄介绍给薛云飞：“我们所最好的离婚律师。”两人握手后，薛云飞要蒋凌霄的名片，蒋凌霄强自镇定地说：“没带呢，而且最近业务太多，我可以给你介绍所里其他的律师，那边那个穿蓝西装的，他很棒的。”

蒋凌霄把薛云飞带到同事面前，镇定地做了交接，转身离开后长长地叹了口气。

我也爱你啊，用老得以为不会再爱的心，算盘打得脆响后，仍然毫无办法地爱你。蒋凌霄想，真的很后悔，刚才应该说这句话的。说了也就说了，说了你也不会记得，因为不知道你会忘记，所以没有说。没有告诉你，那些为你患得患失的夜晚、交换过的心事、一起厮混的时光，都是快乐的、重要的。还好，后悔药只能用一次。而爱你，不后悔的。

当时的月亮

葛海蛟猜，自己永远不会忘记那晚的月亮。想忘，但是忘不掉。

那晚他应酬完毕，开车回家，接近小区的时候，远远看到了老婆蒋凌霄。她不是一个人。她牵着一个男人的手。

葛海蛟停车熄火，在黑暗中看着，他们两个拥抱，然后接吻。葛海蛟不愿看下去，他抬头，透过天窗，看到被冻得漆黑的天空，和天空里冷得哆嗦的月亮，那月亮被他看得摇摇晃晃起来。他哭了。

蒋凌霄是他的初恋，对男人来说，初恋具有重大的意义。哪怕过了二十年，他都记得大一军训时他第一次看到法律系的蒋凌霄，面若桃李，偏偏又对自己的美不自觉，眼光茫然得好像不小心穿越密林的月光。现在的葛海蛟早就不是那个中文系的男生，再也想不到这样的比喻，但是当年，蒋凌霄就是那样，用一种无可无不可的妩媚情调，永远地灼伤了葛海蛟的心，在他十八岁的那一年，把这个日后的成功商人变成了诗人。

大学四年，葛海蛟追蒋凌霄追得很吃力，他明白，蒋凌霄无非是不爱自己，因为不爱，所以她就像月亮，无法发光发热，但是太阳够猛的话，她也能反射些光和热。葛海蛟太爱蒋凌霄了，这种单方面的、毫无性价比可言的爱情中，自有因自虐而带来的某种快感，激发了他强烈的斗志和占有欲，让他饱受折磨，而又欲罢不能。

葛海蛟像后来研究商场上的对手一样，仔仔细细研究了蒋凌霄，知道她父母很早就离异了，母亲再婚了两次，都宣告失败，父亲则早早移居海外，只以汇款单的形式存在。大概是童年阴影吧，她的内心有个无底洞，再多的爱也只是穿堂风。

因为这份理解，葛海蛟原谅了蒋凌霄，她不光是不爱自己，她恐怕是不爱任何人。葛海蛟反而因此更爱蒋凌霄了，他自以为是唯一一个看到了冷静的蒋凌霄内心的人，那里面有个脆弱的、没有安全感的小女孩，让他忍不住想燃烧自己温暖她。毕业之后又交往了几年，蒋凌霄终于答应了他的求婚。

蒋凌霄究竟爱自己吗？葛海蛟明白答案是很明显的，不爱，她只是对温柔上瘾、对被爱上瘾、对没有边际的包容上瘾。但葛海蛟爱她，这个答案也同样明显，哪怕她现在不爱，天长日久的，他会慢慢填上她内心的无底洞，那时候，她总会爱上自己的吧。

他们的婚姻生活，并不会比普通婚姻的平均值更不幸。相敬如宾也好，相敬如“冰”也罢，只要忽略那些隔靴搔痒的不痛快，还是过得去的。生了女儿芸芸之后，蒋凌霄也好，葛海蛟也好，都隐隐觉得松了口气，不必把关注点放到对方身上了。

两人心照不宣地做了一对负责的、成功的父母，平凡的、寡淡的夫妻。

很多次，葛海蛟像完成任务似的拥抱着蒋凌霄时，都会想到当年那个为了她彻夜难眠的自己，忍不住问自己：我真的得到她了吗？这真的是我想要的生活吗？

然而生活也许就是这样，想要得到的和最后拿到手的，永远有着巨大的落差，失望也好，不甘心也好，习惯了就好。无论如何，得到总归是得到，哪怕是惨胜，终究也是胜。

直到葛海蛟看到了蒋凌霄和别人的那个拥吻，看到了那样哆嗦的月亮和自己，他才明白，这些年来自以为拥有的，大概只是一团虚空，他从来没有胜利过，从来没有被蒋凌霄爱过。

那天晚上，葛海蛟开车调头落荒而逃，开着窗让冷风灌进来。葛海蛟仔细琢磨，最近一段时间，蒋凌霄的确变了，变得年轻、好看、温柔，常常欲言又止，若有所思，心不在焉，完全不像以往的她。葛海蛟还曾下意识地以为蒋凌霄开始被自己多年来的爱融化了，可笑，真是愚蠢又可笑。

葛海蛟深夜回到家，像以往深夜回来一样睡到客房里。躺下大概半个小时，他听到门开了，蒋凌霄走到他床边。葛海蛟心想完了，她要和我摊牌了，她要离开我了。葛海蛟一边害怕，一边为自己的害怕而羞耻。他全身僵硬，闭上眼睛装睡。等了大概有两分钟，葛海蛟感觉到蒋凌霄以罕有的温柔，轻轻掠开覆盖在他脸上的一缕头发，然后叹口气，躺在他身边。

第二天，葛海蛟找了私人侦探。

侦探跟了一个月，告诉他一无所获："一点古怪都没有，按照我的经验，应该是没事，就算有过事情，也是真的断了。"说完耸耸肩，吹了吹自己刘海上的几缕蓝发。

葛海蛟原本已经设计好了所有的对策和流程，取证、转移资产、为女儿找好美国的学校，然后拿着所有证据去质问蒋凌霄，他要亲眼看到她脸上的羞耻、害怕、后悔，彻底击溃她，让她明白辜负自己要面对怎样的灾难。

然而居然没有证据。居然就断了？蒋凌霄啊蒋凌霄，你怎么连出轨都不投入？像是走着楼梯突然踩空，挥舞的拳头击到了空气，葛海蛟被自己无处发泄的愤怒憋得喘不过气来。

接下来怎么办？

这一个月来，蒋凌霄对他好得出奇，嘘寒问暖，无微不至，要是葛海蛟没有亲眼看到那个吻，他肯定以为她终于爱上了自己，然而现在，他明白这是她欺骗了他之后的愧疚，这种好不过是怜悯、施舍和赎罪，让他恶心。有几次，葛海蛟甚至自欺欺人地想，那天晚上他看到的一切，会不会只是他的幻觉，可是世界上哪里有那样真实的幻觉。他被自己这种侥幸念头背后的卑微震住了，怎么会到现在还想着为蒋凌霄找理由，难道是还想原谅她？不行，他必须报复，哪怕只是狠狠打她一顿也好。

葛海蛟脸色铁青地算钱给私家侦探。

私家侦探数数钱："我说，你没有证据，师出无名去打老婆不太好吧，搞不好是成全她。女人嘛，真要爱上别人了抛夫弃女也不是不可能，最后痛苦的只有你，哦，还有你的女儿。

再说，打一顿，和你二十年的感情比，算得上什么报复？”

葛海蛟吓了一跳：“你怎么知道我要去打她？你怎么知道我和她二十年了？”

私家侦探把钱放好，慢条斯理地说：“其实，私家侦探只是我的兼职，我本人是个妖怪。你今天刚签了个合同，代价是把领导的儿子塞进了大中房地产公司对不对？这事情，如果不是妖怪，我没法知道吧？好了，把嘴闭上，不要浪费时间了，我们来谈交易吧。你是个很好的生意人，理解能力一流。规则很简单，我呢，从你身上拿走一样东西，然后可以满足你一个愿望，公平交易，童叟无欺。”

葛海蛟定定神：“你要什么？你能给我什么？”

妖怪眯着眼看着葛海蛟：“真是个干脆的人啊。我要你三年的寿命。至于给你什么呢？有两个选择：PLAN A，蒋凌霄如你所愿地爱上你——怎么样？你那么爱她，得偿所愿，肯定开心；PLAN B，蒋凌霄死于非命——绝对是意外，绝对和你没有关系，你那么恨她，大仇得报，也很爽吧。”

葛海蛟已经度过了震惊的阶段，他坐下来认真考虑：“B肯定不行，芸芸不能没有妈妈，她也……她也罪不至死。A的话……她能爱我多久？”

妖怪笑了：“难怪你做生意那么厉害，真是能计算。我是个很公平的妖怪，她能爱你到你们人类爱的平均年限，至于是多久，你自己估计。”

葛海蛟又说：“三年太长了。一年行不行？”

妖怪很为难地想了想：“好吧，你可真能讨价还价，我以后再也不和生意人谈交易了。如果你愿意，就认真说‘我愿意交易’，这事儿就成了。”

葛海蛟张开嘴，说：“我……”后面的话却无论如何说不下去了，说下去就要减寿一年，365天，8760个小时，525600分钟，31536000秒，用这些时间，换蒋凌霄爱自己，值得吗？人类爱的平均年限是多久？原本属于自己的那一年，他会怎么用呢？去哪里,吃什么,见什么人？到要死的时候,他会后悔吗？

葛海蛟犹豫着，脑子里有无数的问题，他忽然明白，他没有自己以为的那么爱蒋凌霄，或者说，他老早就已经不爱她了，不然的话,他怎么会讨价还价,怎么会这样犹豫？可能很早以前，他是真的爱过蒋凌霄，很爱，会愿意折寿三年五年换她的爱的那种爱，可是，那种爱已经过去了，他没有发现，只是因为他还保留了爱她的记忆和惯性。

葛海蛟醒悟了，自己毕竟也只是个凡人啊，凡人能给的都是这种爱：自以为不会改变、不会忘记的，但事实上都会的，而且往往比想象中快。诗歌里小说里电影里传说里的爱才是不变的，24K纯金的，而现实里，凡人能遇到的都是镀金的爱，不同的只是镀金的工艺和厚薄，相同的是只要用力、用时间，总会磨掉的。即使交易了，蒋凌霄能给自己的，无非也只是这样的爱而已，他好像没有那么稀罕。

葛海蛟笑了：“我不愿意交易。”

妖怪呆住了:“哪怕你出不了这口气？哪怕她永远不爱你？”

葛海蛟摊摊手："是啊，我发现我不在乎。谢谢你给我提的交易，让我彻底明白了，其实我也不爱她，不稀罕被她爱了。再见。"

当晚，葛海蛟带着蒋凌霄出席商务晚宴，她打扮优雅，谈吐得体，在人群中散发出幽幽的光来。葛海蛟发现自己以一个旁观者的眼光欣赏地看着蒋凌霄，她是他的妻子，很好，很合适，很给他面子。

晚宴上的西式饭菜照例不合葛海蛟的胃口，他起身走到大堂外抽烟，蒋凌霄跟着出来，递给他一个苹果："先垫垫肚子，我熬了鸡汤，回家煮面吃。"葛海蛟接过苹果咬了一口，笑了。蒋凌霄问："笑什么？"葛海蛟说："忽然想到，所谓婚姻，和这种重要饭局，真是同一类东西，爱情啦、饭菜啦，名义上最重要的元素，说到底只是最无关紧要的由头而已。"蒋凌霄一怔，没有说话，尝试着伸出手握了葛海蛟的手，他没有挣开，任由她握着，她手心微微的汗带着温暖，有着让他觉得不必抗拒的舒服。

两人默默无语地站了一会儿，葛海蛟掐了烟，认真吃完了苹果，牵着蒋凌霄回到席上。"哎哟，真恩爱，结婚那么多年还手牵手。"有人起哄。葛海蛟微笑着转头看蒋凌霄，像看到镜子里的自己似的，不是不真心，是谅解、明白，因此无所谓的笑。

那晚的月亮已经开始模糊了。葛海蛟想，这段婚姻，有着这样的默契，还真是很有希望天长地久的吧。

爱的七宗罪

人生总有几个决定性的偶然，小到可笑，完全应该忽略，却实实在在会在冥冥中轻轻拨弄人生的轨迹，回头自然看得清楚，身在局中却完全懵懂不知。

对李媛媛来说，那个决定性的偶然发生在十五岁，高一的运动会。

她跑八百米，冲刺时摔倒，第一个过来搀她的是薛斌。走去医务室的几百米，李媛媛又疼又累，半个人都必须靠在薛斌身上。那天阳光的角度，他身上的气息，运动场上的嘈杂，等等，李媛媛统统忘记了，事后她曾经反复回想，一半是为了怀念咀嚼，一半是想找到那天他是否对自己下了蛊之类的线索，终究是一无所得。

李媛媛脚踝骨裂，要在家休息两周。薛斌刚好住在离她家一站路的地方，承担了每天给她送作业的任务。他每天下午五点到李媛媛家，给她笔记，简单讲解题目，带走她前一天的作业，总要忙到六点左右，推拒留他吃饭的邀请后匆匆回家。

人是习惯性的动物，像巴甫洛夫的狗一样，被喂养出某种习惯是极其容易的事，何况这个习惯中有一种轻微的、渺茫的甜美。李媛媛还没有察觉，就开始习惯等待薛斌了。有一天临近黄昏的时候开始下暴雨，李媛媛妈妈一边炒菜一边说："薛斌今天可能来不了了吧。"李媛媛"嗯"了一声，看看时钟，还差一刻钟就是五点。这一刻钟，李媛媛看着作业本，坐立难安。那时候她还不知道，这就是思念。

又等了十分钟。李媛媛发现自己每隔极短的时间就会抬头看一眼闹钟，秒针原来走得那么慢，嘀、嗒、嘀、嗒，她能够听到自己心跳的声音，怦怦怦怦。这是爱薛斌教会李媛媛的第一件事情，害怕。

五点十分，门铃响了。薛斌全身湿透地出现，裤子还脏了一块，说是骑车的时候滑倒了。后来很多年里，无数次李媛媛被薛斌有心无意伤害的时候，都会从内心的抽屉里翻找到这个下午，那时候的快乐温暖着她，安慰着她。他曾经那样温柔而不计回报地对待自己，于是一切又都可以继续了。这是爱薛斌教会她的第二件事，原谅。

高二下半学期开始晚自修，薛斌教会了李媛媛骑自行车，并且在她车技一塌糊涂的时候，每晚陪着她骑车回家。有几次，李媛媛骑着骑着就因为紧张而撞到薛斌，他会大笑。薛斌是很少大笑的人，少年老成，心事重重，那时候李媛媛不知道他家庭破碎，只能猜测大概是天蝎座的缘故，他的内心才深不可测。因此他的大笑于她是极其难得的奖赏，李媛媛为自己能够让他笑而骄傲，哪怕起因是她的狼狈。这是爱薛斌教会她的第三件事，卑微。

后来他们吵翻了，因为李媛媛的爱太热烈，所有同学、老师都看出来了，薛斌要装不知道也无从装起。十几岁的少年面对这样分量的爱，多半会选择试着接受看看，反正也不会有多少损失。他却不。他拒绝李媛媛，毫不留情地说：“我只把你当妹妹。”李媛媛正想说“呸”，他补充说：“人这一辈子可以有很多女朋友，但妹妹只有一个。”李媛媛还能说什么呢？她是多么绝望又骄傲于这个定位啊，她乖乖地站在他画的圈子里，一步不敢走近，一步不舍得离开。

高考考完数学出来，李媛媛遇到薛斌，她见到他时只是点头恍惚一笑，他马上说：“今年数学好难啊，最后两道大题我都没有做出来。”李媛媛考得一塌糊涂，当时已经在计划复读了，这话简直救了她一命。后来李媛媛才知道，薛斌的数学差两分满分。他对她说了无数的谎言，有的害了她，害得很苦很深，她都记不太清了，他救了她的谎言，她却记得一清二楚。这是爱薛斌教给李媛媛的第四件事，盲目。

高考成绩揭晓那天，李媛媛和薛斌还有其他几个同学一起溜冰。陈旧的空旷的溜冰场举架很高，空调开得过于冷了，李媛媛溜冰的技术很烂，所以薛斌牵着她的手，他的手很凉，她的也是。溜到角落的时候，薛斌突然停下来，轻轻凑到她耳朵边说：“我的物理考砸了，准备去美国读书。”李媛媛呆住了，第一反应就是哭，他的手还拉着她，因此李媛媛哭得无比伤心，理直气壮。隔了很多年，李媛媛还记得溜冰场挂了绿色的丝绒窗帘，阳光从缝隙中照进来，光束里全是灰尘。这是爱薛斌教会李嫒嫒的第五件事，绝望。

暑假结束，薛斌去了美国。他心安理得地认为时间、空间会治疗李嫒嫒的固执。他错了。

李嫒嫒如一口气沉潜到海底一般，从十五岁爱到了二十岁，耍尽了一切可以想到的小心机，撒娇、撒泼、温柔、冷淡……薛斌就是不为所动，又不曾真的疏远她，每一封电子邮件他都回，每一个长途电话他都接，李嫒嫒无法落实的、毫无节制的爱欲打到他的结界上，反弹回李嫒嫒因太年轻还准备不足的心上，同时激发了她的斗志和羞耻感。每次李嫒嫒痛定思痛想要离开的时候，只要薛斌吹一声口哨，她就会像狗一样屁颠屁颠地奔向他，但距离他一米开外时，他就会对李嫒嫒喊停。

大三那年，打工攒了三年钱的李嫒嫒买了一张机票去看薛斌，到达那天是薛斌二十一周岁的生日。

薛斌到机场接李嫒嫒，时差、羞涩和激动让李嫒嫒呆若木鸡，她看到他却不敢上前，只是低头抬眼说：“生日快乐。”

薛斌伸出手：“礼物呢？”

“我什么也没有买，我只带了自己。”如果是成熟了的李嫒嫒，可以把所有的郑重其事都说得轻慢的李嫒嫒，当然可以抛个媚眼说：“礼物就是我啊！”可那时她太怂了，哼哼唧唧地说不出话来。

薛斌一手接过李嫒嫒的行李，一手拍拍她的头：“吃饭去吧。”李嫒嫒的心乐得要沸腾起来，屁颠屁颠地跟在薛斌后面。

吃完饭，薛斌带李媛媛在学校里瞎逛。她一路看着，一路想：哦，原来这就是他的学校，他待了三年的地方，路是这样的，树是这样的，房子是这样的，操场是这样的……那天的薛斌特别沉默，也特别温柔。后来李媛媛知道，那时他已经有了女友，对李媛媛的好，只是他习惯性的施舍，带有愧疚的矫枉过正。

李媛媛离开那天，薛斌送她去赶飞机，去机场的路上堵车堵得荒诞，他们下了出租车一路狂奔，其间薛斌居然还是牵着李媛媛的手。所以当李媛媛回国后，收到薛斌那封叫她不要再给他打电话、不要再给他写邮件的信时，有着强烈的不真实感和荒诞感。

李媛媛并没有完全做到薛斌所要求的不再和他联系。在最难熬的日子里，她给他写了一封邮件，里面说："不管你怎么样，我是会一直等你的，你哪天回头看看，我还是在那里的，这是你不需要的，但我要给你的承诺。"

到底是年轻啊，会做出这种充满勇气、牺牲，又毫无意义的、多余的、单方面的承诺。这是李媛媛自己给自己画的一个句点，写的时候她就很清楚，这样写毫无意义，只是不写又真的做不到。这是爱薛斌教给李媛媛的第六件事，认命。

这之后，李媛媛和薛斌彻底断了联系，她从不去同学会，相熟的几个老同学也知道她的脾气，不敢提到薛斌。

工作之后，李媛媛不冷不热地谈了若干次恋爱，最后一任男朋友从她二十五岁谈到了二十七岁，对她很好，百依百顺，李媛媛答应了他的求婚。人生就这样吧，她想，顺流而下，遇到什么就是什么了。他们俩去挑戒指，营业员热情地拿出很多款来推销：方钻的、梨形钻的、圆钻的、爪镶的、包镶的、槽镶的……李媛媛随手挑了一个戴上："就它吧，随便点。"一向温和的男友却不干了："你怎么连婚戒都那么随便？你根本就不是爱我，你只是需要婚姻了，我刚好在你身边。"

两人吵了一架，分手了。分手后李媛媛回忆这两年的交往，内心不无愧疚。男友说得对，她的确不爱他。李媛媛自认为懂得了爱，人生从爱他人那里所能收获的，恐怕都只是绝望而已，她已经一次性在薛斌那里都领受了，再也爱不动了。

眨眼过了二十九岁的生日，李媛媛被父母催得厉害，她去婚介所报名登记，决定尽快结婚。不就是结婚吗，能有多难？她自问在某个符合她现实要求的范围内，随便找谁都可以。可能这样不对吧，她想，理论上，人如果本着"应该找一个人安定下来"的动机，大概的确不足以构筑一段毫无破绽的婚姻。但世界上有多少婚姻是没有破绽的呢？爱情真的是婚姻的必需品吗？爱情是美好的，肯定有那么些瞬间，曾经想暂停时间，永远停留的那些瞬间，因为太美好而害怕自己是否可以担得起的那些美好瞬间，也都是会过去的啊。过去了之后，也就真的过去了，时间是最强大的、最残酷的，或迟或早，都会抹去一切。既然留不住，那就干脆不要尝试拥有。

李媛媛自问对相亲做好了一切准备，但她万万没有想到，相亲见到的第一个人，居然就是薛斌。两人一打照面，李媛媛吓得落荒而逃，薛斌在后面叫她："媛媛，媛媛！"越叫她跑得越快，跑得喘不上气来。人生兜兜转转，世界广袤无垠，为什么到现在还要遇到他，她不明白。

那天晚上，薛斌通过婚介所要来了李媛媛的电话，给她发了短信：不如我们重新开始，试试看吧。

李媛媛犹豫了很久，回了他短信：你觉得你可能爱我吗？

薛斌那边过了很久才回复。李媛媛颤抖着手打开来看：我觉得我们也许很合适。

合适？哦，合适。李媛媛看着手机，大致明白薛斌的意思，他倒是还和多年前一样诚实，能给什么就说什么。李媛媛躺在床上，辗转反侧。如果是十年前，她宁愿折寿三年，不，五年、十年来换取和薛斌交往的机会，可是现在，她用了青春中最亮闪闪的时光，灼热爱恋过的他，给了她一个属于成年人的建议，或许可以通向性、通向婚姻，唯独不通向爱。李媛媛发现自己毫不稀罕，这些年她用想象和柔情塑造的薛斌，早已成为和她青春回忆生长在一起的情感纪念碑。原来真的不过如此，如今，她亲眼见证他的崩塌。

李媛媛冷静地删掉了薛斌的短信，确认了她从爱薛斌里学会的第七件事，也是最让她心灰意冷的事，藐视。

第二天清晨，失眠了一整夜的李媛媛去银行上班。刚开门就来了个棘手的业务，一个穿白色连衣裙的姑娘拿了一麻袋全是一毛的钢镚要换整钞。换作平时，李媛媛肯定会把这苦差事交给实习生去做，那天却心甘情愿接下来了。她一毛一毛地数，一块一块地算，一边点算一边琢磨，什么样的姑娘会有这样清一色的一毛钱呢？这背后会不会有什么故事？要攒下这么多一毛钱，也是要花不少力气的吧，她做这些是为了什么呢？这种机械的点算和不着边际的想象有着某种神奇的安抚作用，类似十字绣，或者《秘密花园》填色，让自己沉浸于无意义的细节里，在杀时间的同时，好像短暂地营造了某种类似幸福的平和感，让李媛媛开开心心地忙了半天。

算出来总共是九百九十九块九毛。李媛媛从自己兜里偷偷掏出一毛钱：“凑个整数吧。”

姑娘从李媛媛手里拿过一千块钱，高兴得不得了：“谢谢你，你真是个好人，我跑了好几家银行，都说没空，叫我换家银行试试看，只有你，态度还那么好。”

李媛媛摆摆手：“没事，说实在的，本来我心情不好，忙了一个上午，反而舒服多了。”

姑娘追问：“为什么心情不好呢？”

李媛媛摇摇头：“一言难尽。”

姑娘耍赖，拉着李媛媛的手：“那就长话短说。”

李媛媛看着姑娘笑得皱起来的小鼻子，看起来不到二十岁吧，不知道是不是也已经知道愁滋味，一时心软，随口回答：“没什么，就是……我想清空所有有关爱情的回忆，大概就能开心了吧。”

姑娘呆了一下：“你确定？这个其实也不难。”

李媛媛笑了：“你会催眠吗？”

姑娘一手拉着李媛媛的手，一手在空中挥舞说：“我让你忘记所有有关爱情的回忆，不过——我的魔法都是有‘不过’的，大家都叫我‘不过神仙’——只能忘记有关真正的爱情的回忆，别的都忘不了。”

姑娘说完就走了，李媛媛看着她的背影，迷迷糊糊不知该说什么。

李媛媛把柜台上“暂停服务”的牌子翻过来，继续办理业务。帮大爷办水费托收的时候，她试着回忆起薛斌来：真的能忘记吗？没有啊，还是清清楚楚记得呢，那个姑娘真是淘气。

下班之前下了一场暴雨，雨后的城市上空，突然出现海市蜃楼，李媛媛借口上厕所，走到后门呆呆地抬头看着。真好看啊，不知是哪里的湖光山色。李媛媛生活的城市也有山有水，但这海市蜃楼比她所在的城市好看得多，山势险峻、湖水荡漾，幻象中的美，好像远胜于她所见过的所有真实的风景。她看了一会儿，正要回银行，突然远远看到刚才那个白裙姑娘。姑娘冲她招招手，大声喊：“你忘记什么了吗？”

李媛媛摇摇头：“你别逗我了。”

姑娘笑了：“啊，那就是你还没有遇到过真正的爱情。难怪，我想怎么会有人舍得删掉有关真正的爱情的回忆。”

李媛媛愣了，简直想和姑娘理论，难道她对薛斌这么多年，算不上真正的爱情？姑娘你玩笑开得太大了吧。再一想，自己也是痴了，何必和这疯疯癫癫的姑娘再纠缠下去。李媛媛管自己抬头看天，不想再搭理她。

姑娘却还不肯停：“还没看腻吗？再好看也是假的啊，看得到，摸不着，闻不到气息，尝不到味道，有什么意思呢？假的就是假的啊。”姑娘说着指指天空，海市蜃楼已经如铅笔勾的稿子，淡得只剩下一抹轮廓。“姐姐，千万不要看海市蜃楼上瘾啊，上瘾了不小心就会忘记，真实的风景比这个实在得多，美好得多，长久得多。快点出发啊，不要怕！”

好人寥寥

南方的冬天，冷是在一夜之间发生的。

冷让人认真、严肃、不高兴，又觉得自己忽然有了内容，轻飘、失重的千丝万缕的情绪被风吹得缠绕在一起，乱是乱了，却有了久违的分量。

薛斌打开卧室窗口，像足了过时的文艺青年，带着某种感动了自己的表演欲，对着虚空呼出一口热气：李媛媛，我找了你很久，找不到，那么，我要结婚了。

薛斌从来没有想过自己会这样寻找李媛媛。

从高中到大学的长长七年时间里，他都在不断躲避她和她的爱情。

为什么要躲，时间过去太久，他自己都有些糊涂了。

开始是因为他以为自己不爱她吧。

少年和少女对于爱情的期待值是完全不同的。那时候的李媛媛还没有长开，算是可爱，但还不够好看，最关键的是她过于紧张、敏感，又早早地暴露了对薛斌的爱慕之心。

少年最不需要的就是毫无悬念的爱情。他们需要一段漫长的光阴，辗转、追逐、接近、攫取、失去、痛苦，在各种若即若离的爱情游戏中磨砺爪牙，学会恋爱狩猎的各种招式。

高中里的李媛媛从一开始就摆出了一副全盘任由薛斌处置的姿态，这让他觉得索然无味。

薛斌去美国读大学之后，因为寂寞和李媛媛保持了联系。人在异乡是格外脆弱的，任何可能的温暖他都舍不得拒绝。何况他们一直是朋友，很好的朋友，除去感情的部分，几乎无话不谈。那些熬夜背单词赶论文的日子，累得像狗一样又没有退路的日子，能够有个人隔着千山万水惦记着你，牵挂着你，其中有着他无法抗拒的温暖。

薛斌二十一周岁生日，李媛媛杀到美国的时候，薛斌终于明白自己过分了。虽然一直以来，他都知道自己是仗着李媛媛爱自己，他自以为从一开始就在他们之间划了一道明确的界线，并不算误导她，因此也不必过于内疚。但当他看到那个局促、紧张而又狂喜的李媛媛站到他面前的时候，他明白了李媛媛爱情的分量，他不忍心了。

送走李媛媛之后，他带着眷恋、抱歉和决绝拒绝了她，他骗她自己恋爱了：“我们不要再有任何形式的联系了。”

李媛媛给了他最后一封信，说：“不管你怎么样，我是会一直等你的，你哪天回头看看，我还是在那里的，这是你不需要的，但我要给你的承诺。”

这句话，在后来种种难熬的日子里，出乎意料地给了薛斌很多的安慰。

薛斌研二的时候失恋了，这是他第一次正经八百投入的恋爱。大多数爱情故事，都可以用一句话说清楚来龙去脉，薛斌爱的女孩刚刚失恋不久，他追求她，她接受了，过了半年，她的前男友回来找她，她就放弃了薛斌。

这次恋爱让薛斌彻底向爱情世界的丛林法则低头。爱情世界基本上就是个错综复杂的食物链，你爱的不爱你，有人爱你而你不在意，这都没有什么，爱和不爱，都谈不上好与坏，对与错。

但有一类人是可恶的，就是明知道自己不会爱上对方，还是乐于把玩对方的真心。设身处地，薛斌无法否认自己多年来对李媛媛做的，就是这种没心没肺的把玩。而比把玩更加恶劣的是“为我所用”，在受伤寂寞的时候，拿对方做个过渡，用以填补时间和情感的空隙。薛斌不停提醒自己，千万不要对李媛媛做出这样恶劣的事情来。

无数个因为寂寞、痛苦而失眠的夜晚，薛斌心中升起一团一团对李媛媛的思念，这种思念的浓度和深度让他吃惊，而他用让自己更为吃惊的自控能力按住了自己。

薛斌不敢回头，怕看到李媛媛真的还在那里等，怕自己会脆弱卑鄙到利用她来疗伤。他更怕她也不在了，自己就此陷入彻底的寂寞里去。

是的，不用去求证了，只要相信就可以了。就这样相信，始终有一个人，在这个世界上的某个角落等待着自己，只要相信这一点就足够了。

薛斌想，我还没有那么糟糕，我至少值得一个可爱的女孩，爱了我七年。

毕业回国之后，薛斌断断续续谈过几次恋爱。成年人的恋爱里，爱情所占的比重出奇的小，大家都过了可以不管不顾单纯凭着直觉付出的年纪了，锱铢必较是难免的。薛斌理解了，等待自己的所谓婚姻，恐怕和爱情也未必有多少关系，无非找一个互相了解而仍然能够彼此容忍的人共同经营下去。

理解归理解，要说一点都不失望，也是骗人的。

偶尔，薛斌会回忆起李媛媛，像回忆起某个上辈子无比熟悉的人，她曾经不管不顾地给他的那些不求回报的热情，如今不知道有没有顺利给出去，或者，也已经顺其自然地消散了。如果当初，自己出于对自己的了解和对她的善意，在用全力按住了自己的那些夜晚，任性一下，联系了她，接受了她，不知道现在他们是什么样的关系。

薛斌没有想到会在相亲的时候遇到李媛媛，更没有想到李媛媛居然二话不说拔腿就跑。他一边追她一边叫她，她的背影里有着无数的委屈。认出这种委屈的过程，让薛斌觉得自己对她是有责任的，也有影响力。他不无窃喜地想，她恐怕还爱着自己呢，她恐怕还在等待自己呢。

那天晚上，薛斌通过婚介所要来了李媛媛的电话，给她发了短信：不如我们重新开始，试试看吧。

李媛媛问他：你觉得你可能爱我吗？

薛斌问自己，可以爱李媛媛吗？他想到李媛媛那封告别信，想到当初她千里迢迢去看他的时候，眼睛里的那簇光，想到她狂奔背影中的委屈。他忽然怕了。爱吗？哪种爱呢？可以爱多少，爱多久？人生兜兜转转，飞了一圈回到原点，如果连原点都搞砸了可怎么办？

薛斌带着某种奇异的自毁心理，一字一字地回复李媛媛：我觉得我们也许很合适。

这之后，李媛媛就消失了，换了手机，辞了工作。彻底地消失了。

薛斌花了不短的时间寻找李媛媛，开始是真的很想找到她，后来是觉得寻找她这件事情本身，让他在中年到来之前，凭空多出了一段类似青少年才会有的，思考命运的时间。

每天每夜，每分每秒，人们都在做出无数大大小小的决定，那些细碎的、看不清上下文关系的行为，看似随机的布朗运动，累积到最后，就是命运本身。说到底，无论是看似并未经营地得到的，还是毫无防备地遭遇的，其实都是自己的一举一动招惹来的。所谓命运里那些不得不面对的分别，不得不跌倒的坎儿，恐怕很多时候只是一条狗，既然你反复吹着口哨，丢出骨头，召唤着它，它自然就摇着尾巴过来了。

想明白了这一点，薛斌就原谅了自己那天回复的那条短信，男女因为误会而相爱，因为了解而分开，骨子里，恐怕他并不认为自己是个可以让李媛媛真正了解后仍然爱着的人，所以他才会回复那样一条短信。

如果最后必定要让她失望，他能做的就是在最初就给她足够的心理准备。既然她选择逃走，他也就没有必要再追了。

原来他和她，都只是放弃了而已。

放弃并没有什么可耻的。

坚持的人对命运还有痴愚的侥幸之心，放弃的人选择不怀侥幸地活下去，未尝不是一种勇敢。

薛斌想明白这一点，终于可以安心结婚了。

薛斌再遇到李媛媛的时候，已经三十五岁了，儿子两岁大。

生活已经尘埃落定，所谓悬念，都在他目光所及范围内，他不需要担心什么，也没有资格期待什么。一切已经成形，他注定是个平凡的人了，将会平凡地老去，平凡地发胖，平凡地掉头发，平凡地买学区房，平凡地升职，平凡地接受平凡。

只是有些瞬间，薛斌难免会觉得自己在扮演某个平凡人的角色，那些瞬间，他看着善良而乏味的老婆，会有忽然站起来掀掉一桌饭菜的冲动。但还好，漫长无垠的时间里，那些独处想念着李媛媛的夜晚，他老早就习惯了不动声色地按住自己了。

他没有想到再遇见李媛媛，会瞬间就按不住自己。

高中同学二十周年聚会，李媛媛来了。她也结婚了，女儿一岁半。

二十年了，老了，真的老了，人认识另一些人的时间量器，忽然就可以用十年作为计算单位了。大家都喝了点酒，说了点推心置腹的话。同学们开着玩笑，让薛斌和李媛媛坐到了一起，他们开始还有些尴尬，后来就开始聊天。酒是好东西，让人明明清醒着，却可以借它的虚名，说些平日不敢说的话。薛斌看着李媛媛，就像看到了当年的自己，又像看到了现在的自己。说什么都可以，说什么都多余。

人生所有的路都有它的深意，当时不明白，之后迟早也会明白，只是明白得晚了，就有晚的麻烦。

他们俩终于恋爱了。

老房子着火没得救，何况是被彼此的思念烘干了多年的老房子。这样的日子过了大半年，薛斌的老婆发现了。一定要瞒的话，也不是瞒不住，薛斌是不想瞒了。

薛斌的老婆是个天真的人，接受的大部分情感教育来源于八点档电视剧，她的第一反应是离婚。薛斌乐得接受，千金散尽还复来，离婚就离婚吧。

薛斌和李媛媛商量了，李媛媛说："你离我也离。"

这可能是薛斌这辈子第一次有这样的行动力，他很快地办完了离婚手续，房子、车子、儿子都归了前妻。要说不痛苦当然是假的，但这种痛苦背后有着一种将生活全部推倒重来的刺激，让他根本停不下来。

然而李媛媛那边，迟迟没有动静。

薛斌未尝没有一点怀疑，但他想到她是李媛媛啊，从高中开始就毫不犹豫地爱着他的李媛媛，他不能怀疑她。

直到图穷匕见的那天。

薛斌陪侄女去出国中介咨询，隔壁办公室的门开了一条缝，他路过，一眼就认出了李媛媛的背影，她身边还有个男人，应该是她的丈夫。

移民中介正拿着资料递给他们："恭喜你们，手续都好了，再一个月就可以去新西兰了，到底没有白辛苦这大半年啊。"

薛斌倒推着时间，原来他们见面到现在的这大半年，李媛媛一边和他在一起，一边毫不拖延地办着关于移民的所有手续。

如果只是情难自禁，她为什么不告诉他呢？她为什么鼓励、纵容着他离婚呢？

是了，她是在耍他，她在报复他，报复他这么多年没有爱她。

薛斌明白自己成了一个巨大的笑话，为了所谓爱情一无所有地离了婚，而他自以为的爱情，让他不惜让人生重来一次的爱人，即将毫不犹豫地抛弃他。

薛斌愤怒了。

那天是礼拜三，他和李媛媛照例约会的日子，他送走了侄女，去最近的超市买了刀和绳子。倒不是要杀了她，薛斌还没有那么不理性，为了她坐牢就算了吧，他打算把她脱光了捆起来，拍照片送给她丈夫。

然而李媛媛没有来。不接电话，不回微信。

薛斌在出租房等到凌晨，他不能再等下去了。

薛斌喝了酒，在包里放好了刀，打算去李媛媛家。完蛋就完蛋吧，只要不是他一个人完蛋。

刚到楼下，薛斌被一个穿着保安制服的年轻男人拉住了。

"我说，李媛媛家的小区可难进，你这么冲过去肯定不行。"

"你是什么人？"

“我啊，我是妖怪啊，我知道你现在要去干什么，不过你做不成的，十有八九走到半路你就怂了，就算到了那边你也找不到李媛媛，她和老公出去度假了。”

“什么？你到底是什么人？”

年轻男人打了个响指，漆黑的楼道里，他的手指上闪动着一团幽蓝色的火焰：“看，相信了吧，我是妖怪啊。你还是和我做个交易吧，我帮你。”

“怎么帮？”

“我们做个交易吧。你把你那种温情脉脉的毫无意义的对于爱情和生活的幻想给我——这种东西在中年男人身上特别罕见，我找了很久呢——我给你两个选择：PLAN A，让你回到你参加同学会前那天，你完全可以避开李媛媛，照样做你的好老公、好爸爸；PLAN B，让你回到和李媛媛相亲遇到的那天，你可以追上她，至少可以给她发一条不那么愚蠢的短信。”

高中同学二十周年聚会，李媛媛来了。大家都喝了点酒，说了点推心置腹的话。同学们开着玩笑，让薛斌和李媛媛坐到了一起。

“你过得好吗？”薛斌问。

“挺好的，你呢？”

“我啊，我一直在后悔，当初不该那样回你的短信的。”

“哦？应该怎么回呢？”

“应该说我会爱你的，像你想要的那样爱你，恐怕很多年了，我一直在爱你，只是我不知道，等知道就晚了。晚了吗？”

李媛媛看着薛斌的眼睛：“看你怎么定义晚了。”

薛斌感受到他内心升起的，一团一团的，灰色的失望、厌弃、好奇和仇恨，他默默按下它们，在自己的眼神中苦心经营出温柔的假象。

没有爱了，没有幻想了，真好啊。这一次，他不会是输家了。

绿手指

谁也不记得赵盈盈的 La vie 花店究竟开了多久。

花店不大，二十多平方米而已，错错落落长满各种鲜花草木，春天有风信子、马蹄莲、郁金香、牡丹，夏天有茉莉花、紫罗兰、睡莲、六月雪，秋天有木芙蓉、番红花、蟹爪兰、蓝花楹，冬天有一品红、鹤望兰、虎刺梅、仙客来，所有花都养得格外肥壮硕大，门口是两株有些年份的藤本月季，常年开得如火如荼，就算不买花，路过看看也让人心生春意。

城市里花店很多，像她那样只卖盆花，不卖鲜切花的就少了。好多次，不熟悉她花店规矩的愣头男人冲进店——一般是情人节、七夕节这样的日子——问："有鲜花卖吗？"赵盈盈会指指店里所有花说："这些都是鲜花啊，那种切下来的花都是死花，我不卖的。"

知道她规矩的人去买花，常常也是赔着小心的。别人是卖花，她是嫁女儿似的，要出门了还要叮嘱几遍，什么一周只能浇一次水啊，每季度要施肥啊，小心红蜘蛛啊。临了还问一句："记下来了吗？"要是对方有丁点儿不耐烦的样子，对不起，把钱还你，把花留下，说不卖就不卖了。

更增添传奇色彩的是，赵盈盈卖花何止像嫁女儿，她是嫁女儿还包生孩子，只要是她卖出去的花，但凡有个三灾六病的，只要拿回她店里，她都给调养一阵，养活养好了再还给买家，一分钱不要。这些年下来，已经不知道有多少株被主人养得半死不活的花回到她店里休养生息，毫无例外地，都能枯木逢春地回去。但对不是她店里卖出去的花，她总是爱莫能助地摊摊手说对不起。

天长日久的，这家 La vie 花店，慢慢地在城中爱花者口中变成了一个小小的传奇，园艺爱好者都喜欢去她店里买花，就算不买，坐坐看看聊聊也是开心的。聊的话题只限于花，哪怕是来往多年的老客，偶尔带着善意问问有关她个人的事情，赵盈盈也只当作没听到。她看上去至少有三十五六岁吧，偶尔疲惫的时候看起来也像四十出头，年轻的时候应该是个美人，如今青衫人老，风韵犹存，她从来不说的故事，也成为花店传奇的一部分，增加了花店的神秘感。

这年的年二十九，卖完了最后一盆朱顶红，赵盈盈正要打烊，多年的卷帘门有点锈住了，她踮起脚尖拉了好几次，都没拉下来。这时候门帘开了，带着风雪进来个四十开外的男人，手上捧着一盆垂死的桔梗花，问："老板，这花还有救吗？"

赵盈盈看了一眼："大过年的，我要打烊了，年初八开门。"

男人捧着花送到赵盈盈眼前："麻烦你看看，我怕等不到年初八了，还有救吗？"

赵盈盈仔细看看叶片和花盆：“有救是有救的。不过……”

男人赶紧说：“我知道，这不是你店里买的，求你了，救救它，不管多少钱都可以。”大概是外头太冷了，声音都是发抖的。

赵盈盈抬眼看看男人。开花店那么多年，第一次见到这个年纪的体面男人为了一盆花求人。

赵盈盈给男人倒了杯热水，摊摊手说：“不好意思，不是我店里卖出去的，我救不了。”

男人一听急了，从怀里掏出皮夹说：“我给钱，你说，要多少？多少我都给。”

赵盈盈摇摇头：“不是钱的问题。”

男人又掏出一张名片：“我叫郑成斌，你听说过成斌建筑设计事务所吗？如果你肯帮我，开年我就帮你把花店重新装修一下。”

赵盈盈一愣，装修不是小数目，她开花店那么多年，没有见过这么在乎一盆花的人：“郑先生，我明白你的诚意了，可是这个是我的规矩……”

郑成斌打断她：“我知道你的规矩，我问过好多种花的了，都说没救了，都说要是你大概还能行，说你就是传说中的绿手指，什么花草都能救活，所以我才来找你的。”

赵盈盈还是摇摇头：“我这个人脾气有点怪，规矩就是规矩，不管你怎么说，我还是不会打破规矩的。”

郑成斌看看赵盈盈，又看看怀里的桔梗花，进退两难，不愿离开。

赵盈盈起身只管继续收拾，回头一看，郑成斌居然已经哭了。

赵盈盈掏出餐巾纸递给他："实在对不起，我帮不了你。"

郑成斌擦擦眼泪鼻涕："医生也是这样说的，实在对不起，我帮不了你。医生啊，医生就是救命的啊，说什么对不起，对不起有用吗？你种花种得那么好，花店还叫 La vie，你是给花命的人，怎么也来跟我说对不起？我他妈的不想听对不起！"

郑成斌说完，自知失态，抱着花要离开，赵盈盈却拦住了他："说说吧，为什么非要救这花。"

郑成斌回转身："我说了，你是不是就答应救它了？"

赵盈盈想了想："也许吧，我不保证。"

郑成斌坐下，把花搁到脚边，断断续续说他的故事。他才刚开了个头，赵盈盈就猜到了，果然，这花是他老婆种的。

"什么病？"

"胰腺癌，晚期。"

"哦。唉。"

"她去住院之前买的这盆花，这几天总是问我，花怎么样了，说她自己恐怕等不到花开了。"

"桔梗啊，一般六月份前后开花。"

"是啊。"

"到时候换一盆给她吧，我给你挑一盆开得最旺的。"

"医生说，她……等不到了。"

"那……那我送你一盆新的，拿去给她看，她应该认不出来。”

郑成斌低头看着自己的鞋子：“说出来你要笑话我。我就是迷信，她得病了之后，我就特别迷信，毫无逻辑的迷信。在医院陪夜的时候我玩扫雷，有时候就想，这局能玩通关的话，她明天可能精神就好了；傍晚要是不下雨的话，她说不定能吃下点东西；这花要是没事了，说不定她也没事了。是不是很好笑啊？”

赵盈盈叹口气：“你把花留这儿吧，我尽力救救看，不敢保证。”

郑成斌如释重负，把名片交到赵盈盈手上：“说到做到，过了年你联系我，我叫人上门来看看。”

赵盈盈：“不用不用，我不是为了占你的便宜才答应的。”

郑成斌又开始掏钱包：“那，钱我总要出的，你说多少合适？”

赵盈盈伸手拦住了他：“不要钱，不过，我真的没有把握，一点把握也没有。”

郑成斌有点着急：“可是，人家都说你是最好的。”

赵盈盈说：“我是真的只能救自己种的花。你这盆，我只能试试。”

郑成斌看着赵盈盈，她的眼神坦荡，不像是推托撒谎的样子，可是为什么呢？

赵盈盈看出他眼里的疑问来：“不骗你。你相信世界上有神仙吗？”

郑成斌摇摇头："不信。"

"为什么不信？"

"有的话……怎么忍心让她受这样的苦。"

赵盈盈从收银台后面拿出一盆百日菊："百日菊，一年生的，我养了十七年了，那年我二十四岁，正谈恋爱呢，我男朋友送我的。"

郑成斌看看这盆花，长得鲜嫩："后来呢？"

"后来他失踪了。和朋友一起去爬山，扎帐篷的时候没注意，扎在小河边了。后来我去看过，很窄很浅的一条河，说河都过分了，就是一条小溪。"

郑成斌一愣："你男朋友他……出事了？"

赵盈盈摸着百日菊毛茸茸的花茎："出事了，晚上大雨，山洪暴发，他被冲走了。他们一起去了八个人，回来了七个人。搜寻了很久，前前后后好几个月，找不到。一个大活人就这么不见了。"

郑成斌看着赵盈盈的脸，脸光洁透亮，没有表情，她的手在微微地颤。

"我那时候比你现在迷信多了，下床先下左脚还是右脚，好像都关系到他能不能回来。我以为命运会从各种细节向我暗示，透露它的走向。如果看不到命运，只是因为我不够仔细，不够用心。他走的时候是夏天，我挨到了冬天，这花要死了，我愁得不行，觉得花要是死了，他肯定回不来了。有天我遇到个女孩，也是这样的大雪天，穿得特别单薄在路边发呆，我看了不忍心，回家拿了一件不穿的羽绒衣送给她，她说自己是神仙，叫我许个愿。”

“真的是神仙吗？你许什么愿了？”

“我当然是说要他回来，她说做不到，我就说要让我种的花永远不死，她答应我，说好的。说实在的，我也不信真有神仙，以为她是个有病的姑娘，随口许的愿，谁知道这花真的就一直不死。三年之后我开了这家花店。”

“难道说，世界上真的有神仙啊……按照你说的，那我的花肯定有救了。”

“不过，那个神仙说她能满足的愿望都是有‘不过’的，她说只有我自己种的花才能永远不死。”

“为什么呢？既然是神仙，干吗不能痛快点儿，为什么非要留个尾巴？”

“我那时候也问她了，她说，天底下的花草树木太多了，有荣就有枯，有生就有死，如果都让我救了，世界就乱套了。她说就算是神仙，也救不了所有人，也有做不到的事，这就是生命。”

“你很会讲故事，也很会安慰人。”郑成斌听完，搓了搓手，“神仙啊……很难相信世界上有神仙呢。”

赵盈盈轻轻拨弄着百日菊，可能是错觉吧，男人看到她的手指微微发出绿光：“我以前也不相信有神仙的，可是后来就觉得，相信比较好啊。有神仙，就应该有天堂吧，或者，说不定还有轮回。我有太多曾经和他一起讨论过、幻想过的日子，再也没有实现的可能了，所以我希望有天堂，他在那里可以过得开心。或者，世界可以有好几个，希望在相似的另外一个世界里面，能有同样的我和他，走到我们曾经梦想过的未来里。又或者，干脆有轮回，这样他就没有死，而是在我不知道的地方以别的样子好好地活着，说不定我每天都能遇到他呢。这样想想，总比相信他彻底消失了快乐点儿，你说对吗？”

郑成斌点点头：“嗯，我明白。我该去医院了，开了年来找你。”

“好，我也该打烊了。”

赵盈盈走到门边，踮起脚使劲拉卷闸门，郑成斌站到她身边，伸手一把就把门拉了下来。他们两个的手有两秒钟挨到一起，短暂的同心协力，刚刚的对话，让他们之间有一种微醺的同病相怜，因此这碰触相当自然，并不局促。

“谢谢你。”赵盈盈捧着那盆桔梗花，和郑成斌走到门外。她蹲下锁好了门，大概是天气太冷，她的手一直在抖。

郑成斌也蹲下，仔细看着卷帘门。“别客气，这门是有点年份了，再用下去要耽误事情，开了年我找人过来帮你换了，不要推辞。”

“行，谢谢。”

他们两个站定了，大风大雪的街道，行色匆匆回家的人，淡得像几笔潦草的影子，上上下下左左右右的冷清，让这个城市像是摊开来预备抒情的旷野。该说告别的话了，他们居然都有点紧张。

郑成斌毫无必要地看了看手表："我先走了。那个，新年快乐。"

"新年快乐。"

赵盈盈目送郑成斌走到了风雪里，低头看看那盆快死了的桔梗花。她不知道郑成斌知道不知道，桔梗花有着双重花语——永恒的爱和无望的爱。她也不知道，自己到底能不能救回这盆桔梗花。然而不重要了，要是救不回来，她会帮他换一盆，活得好好的花，永远能活下去的花。

爱比死更痛，或者反之

用完吗啡之后会有大概四到六个小时可以自由行动，陈米仁知道这些。她换好衣服，梳妆打扮结束，已经用掉了快一个小时，没办法，虽然暂时不痛了，但毕竟是癌症晚期，体力下降，再简单的动作对她来说，都不那么简单了。

自己这样的状态，不知道还能不能杀掉赵盈盈。陈米仁拍拍衣服口袋里的吗啡针，0.25 克，已经是致死量了，全靠它了，一定要成功啊。她又一次在脑中复习了注射的动作，没问题的，她可以的。

陈米仁已经为此准备了很久，查了很多资料，一针下去，最初会有欣快感和兴奋表现，然后心慌、头晕、出汗、口渴、恶心、呕吐、面色苍白、谵妄、昏迷、呼吸抑制、血压下降，最后死于呼吸循环衰竭。

快乐、兴奋、昏迷后的窒息，发生得又快，实在是很舒适的死法，她想，相比自己这小半年来承受的痛苦，这完全算不了什么。

快半年了，确诊胰腺癌以来，陈米仁觉得自己每天都在一个漆黑的隧道中孤独地走着，隧道有多长，她不知道，隧道的尽头有什么，她也不知道。痛啊，全身的痛，每时每刻都可能发作的痛，每一步都像走在刀尖上，而命运无情的手推着她，让她明白毫无侥幸走回头路的可能。

陈米仁不相信任何宗教，确信死亡之后自己就不存在了，这个世界很快将抹去她存在过的所有证据。陈米仁当然怕死，几个月来她反反复复琢磨死亡的本质和真相，发现死亡最大的可怕在于未知和寂寞，以及这种毫不留情的抹去。雁渡寒潭，雁去潭不留影，陈米仁一遍遍想这句话，环抱自己瑟瑟发抖。

郑成斌曾经是她唯一的、笃定的安慰和温暖。最疼痛的时候，他总是抓着她的手陪伴她、安慰她，他的存在让她觉得没有尽头的疼痛是尚可以忍受的。

结婚十几年，因为陈米仁的缘故，两人没有孩子，彼此并不觉得这是多大的缺憾，反而爱得更是绵长。郑成斌是她的爱人，也是她的亲人。等自己死了之后，还能活在郑成斌的记忆里很久很久吧。“人生到处知何似，应似飞鸿踏雪泥”，她确信在郑成斌心里留下的脚印将一直存在，那么，死亡的抹去就不是那么彻底了。

而赵盈盈夺去了一个将死之人最后的爱和希望，这是该死的罪孽，陈米仁想。走出病房的时候，她看了一眼窗台上的桔梗花。恐怕是最后一眼了吧。最初就是为了这盆花，郑成斌遇到了赵盈盈，那时候他还爱着自己，怕花死了自己难过，去找开花店的赵盈盈帮忙。然而人和人之间的关系是很复杂的，发生什么都不奇怪，他们居然就背着陈米仁爱上了彼此。她还没有死，她还那么痛，郑成斌就开始不自觉地冷淡她了。

陈米仁当然恨郑成斌，最恨的就是他。他曾经是多么重要的爱和希望，就在背叛后带来了多么深重的恨和绝望，所以陈米仁决定偏偏不杀郑成斌，她要他好好活着，在绝望、痛苦、后悔、仇恨中活着，这样他绝对忘不了自己，一辈子也会咬牙切齿地记得自己。

陈米仁走到医院门口。暮春的风软绵绵的，像一片羽毛，天色是鹅蛋青的，草坪嫩绿，毛茸茸的，是生命最初最好的模样。她深呼吸一口，后背隐隐作痛，最近，吗啡也不能完全抵抗疼痛了。陈米仁打上一辆出租车，对司机说："La vie 花店。"

"我说，你口袋里的东西要放好一点哦，别不小心扎了自己。"司机一边开车一边说。

"啊？你说什么？"陈米仁吓了一跳。

"这个，你知道的啊。其实啊，杀人没有你想的容易，第一次干难免手忙脚乱，我见多了。有的临时害怕了下不去手，有的打不过对方，有的凶器出了问题，具体到你这里，你比对方虚弱得多，我看说不定会被她识破……"

陈米仁一身冷汗："你是谁？你怎么知道的？"

司机靠着路边停车，回头嬉皮笑脸地和陈米仁聊天。那是个二十出头的时髦男人，头发还挑染了几缕蓝色："我啊，我是妖怪啊，我专门和你这样的想做坏事的人谈交易。"

"交易？什么交易？"陈米仁摸着衣兜里的针，想着要不要干脆扎了这个怪人。

“你可别扎我，虽然对我没用，可是我特别怕疼呢。我说，你连死都不怕了，不如和我谈谈交易吧。条件非常优厚哦。”男人说。

“什么交易？你怎么找到我的？”陈米仁一边问，一边想着要不要下车，正想着，车子已经自动落锁了。

男人笑嘻嘻看着陈米仁：“我啊，我是妖怪啊，最烦那种出于一片好心送人超能力的神仙了，你们人类最犯贱，白来的东西全不当回事，好人又都乏味得很。我就喜欢你这种心里有坏主意的人，特别好玩。其实不是我找到了你，是你心里的恶念找到了我。算了，说了你也不明白，我们抓紧谈谈交易吧。”

陈米仁手忙脚乱掰门，门打不开，难道他真的是妖怪？“什么交易？我为什么要相信你？”

男人淡定自若：“别掰了，这要能掰开我还做个屁妖怪啊。我的交易很简单，我从你身上拿走一样东西，满足你一个愿望，公平交易，童叟无欺。”

陈米仁冷笑：“你是要肾还是要心脏啊，你要真是妖怪就该知道，我癌症晚期，全身扩散，没有什么好东西可以交易了。”

男人笑了：“怎么没有，我就要你的痛觉。你痛得很厉害吧，身上痛，心里也痛，不好熬吧。我帮你，你把痛觉给我，生理的、心理的，我都要，然后我帮你实现一个愿望。”

陈米仁摸摸自己的头，没有发热，不可能是幻觉，自己偷拿吗啡针的事情也绝无败露的可能，对方难道真的是妖怪？拿走痛觉，就能实现愿望，怎么会有那么实惠的交易？

“什么愿望都可以吗？”

“那倒不是，我可没有那么好说话。由我给你两个选择，你挑一个。”妖怪说，“PLAN A，你的病该怎么样就怎么样，你大概还能活两个月吧，但是你老公会按照你希望的那样，永远永远爱着你、想着你、记着你，后半辈子都不会再看上别人；PLAN B，你的病痊愈，但是你老公会和那个花店老板长相厮守，再也不会记得你、牵挂你。”

陈米仁呆了：“就是说，要么爱，要么死？”

妖怪笑了：“概括得好，我喜欢和聪明人做交易，快点决定吧。”

陈米仁揪着自己的衣角犹豫着，她自问爱郑成斌，很爱，她曾经真诚地认为她爱到可以为了他死，然而，那样想的时候，死亡尚未真实存在，因为不真实，所以没有那么可怕。但这小半年，在死亡阴影下匍匐求生的她，已经彻底明白了死亡的残酷。

何况现在的郑成斌，也并不值得自己这样爱了吧，被这样的人永远记得又如何？当然还是活下去更要紧，活着总是好的，活着总会遇到好的事情、好的人，也许还会再爱，谁知道呢。生命充满无限的可能性，和无限的可能性相比，被有限的一个人记得，算得了什么？

“我选好了。”陈米仁说，“我选 B，当然是 B。”

妖怪笑了：“你的选择很聪明。现在，你只要认真说‘我愿意交易’，交易就成了。”

陈米仁认真地说："我愿意交易。"

妖怪伸出手，从陈米仁头上拔了一根头发："好了，搞定。"

陈米仁掐了掐自己的腿，木木的，没有感觉，她又深呼吸了一下，后背熟悉的疼痛感也没有了，难道是真的？

男人发动了汽车："当然是真的了。我已经拿走你的痛觉了，放心吧，没事的，一点副作用都没有，我是有名的'没事妖怪'啊。我现在送你回医院去，你做点检查就可以出院了。"

妖怪没有骗陈米仁，那天他拔走陈米仁头发时的那一丝痛，是她感受到的最后的疼痛。三年了，她健康地活着，只是再也没有痛觉，无论是生理上的，还是心理上的。

陈米仁出院之后就和郑成斌离婚了，十几年的感情，放手的时候她以为自己会很痛苦，但一点都没有。"没事妖怪"干得漂亮，她的心麻木着和郑成斌说了再见。从绝症里逃生，爱不爱的先顾不上了，她想，要好好享受生活，榨干日子里的每一丝甜，要任性，要尽兴，要快乐，要幸福，才对得起未来的短短几十年。

然而三年过去了，陈米仁很少感到快乐，幸福也随之消失。陈米仁发现自己干什么都钝钝的，提不起精神来。"没事妖怪"拿走的明明是痛苦，却好像顺带也带走了甜蜜。究竟是怎么了，是做了别的手脚吗？她不明白。

陈米仁的主治医生何耀明一直和她保持着联系，开始是因为对她的痊愈感到不可思议，一直跟进她的状况，日子久了，两人就成了朋友。而人到中年，单身男女之间的所谓友谊，说到底多少都有点性张力在里头，陈米仁知道何耀明喜欢自己，她自问也喜欢他，只是总觉得差了点什么，让她没有一点力气往前。

这天晚上，何耀明来陈米仁家吃饭，陈米仁做菜的时候右手被油星烫了个大泡，她根本没有发现。后来切菜的时候又不小心割破了左手，因为没有痛觉，她没有在意。何耀明看到血了，很有医生样子地赶紧给她处理："怎么这么不小心啊？我看你平时也是，经常青一块紫一块的，特别心不在焉。"

陈米仁有点不自在："没事的，不疼。"

何耀明给她消毒伤口："怎么会不疼？伤口很深了，你也太会熬疼了，就算不太疼，也是受伤了，不处理不行的。"

这话击中了陈米仁："人，人有痛觉是很麻烦的哦，如果一点都不痛也挺好的。"

何耀明笑了："怎么可能？国内外都有天生没有痛觉的人的案例，那种人生活都很惨的，总是毫无知觉地受伤，因为不痛就不会好好处理，一点小伤都可能因为感染变得特别厉害。说到底，痛觉是保护人的，如果感觉不到痛，就不会避开伤害了。"

两人闲聊了几句，开始吃饭。

"好辣。"何耀明嚼了一口虎皮辣椒，吐到桌上，扇着舌头，"真辣，太辣了。"

陈米仁起身倒了一杯水递给他。

何耀明一边喝水一边看陈米仁："我老早想问了，你怎么这么能吃辣，上次吃麻辣龙虾也是，我看着你脸也辣红了，怎么一点没有反应啊？”

陈米仁支支吾吾：“我是真不觉得辣……”

这时何耀明注意到了陈米仁手上的水泡，刚才接过杯子的时候，他明明碰到了这个水泡，陈米仁一点躲闪的意思都没有，他有点明白了。

何耀明一边夹菜一边字斟句酌：“我们都说五味俱全，五味是酸甜苦辣咸，其实辣味并不属于味觉，它是刺激鼻腔和口腔黏膜的一种痛觉。”

陈米仁好奇了：“哦？既然是痛觉，为什么有人会喜欢吃辣呢？”

何耀明解释：“为了平衡辣造成的痛苦，人体会分泌内啡肽，在消除口腔痛苦的同时，在人体内制造类似快乐的感觉。所以人是需要痛苦，也会爱上痛苦的。其实，也有一些病例，疾病破坏了患者传导痛苦的神经，病人后天地失去了痛觉，这种情况很罕见，但也有……”

陈米仁知道何耀明知道了，但她不愿解释。有什么好说的呢？自己是个和妖怪做了交易的怪物，以生理和心理的痛觉换取了健康？这话怎么说出口，才不像个神经病？

何耀明匆匆扒完饭就走了，临走郑重其事地说：“我最近比较忙，可能会有一阵没法和你联系了……”

话说得很委婉，意思很明白，陈米仁也理解。本来嘛，喜欢一个从晚期癌症中幸存的人就是很不实惠的事情，天知道什么时候会复发，何况自己还是个没有了痛觉的、有缺陷的人。

何耀明是个正常的、现实的中年人，他盘算后觉得不值得，所以要放手了。

送别了何耀明，陈米仁呆呆坐着。三年了，多少有点真感情，但告别的时候，她只有感慨，没有痛苦，像当初她和郑成斌签字离婚那天，她看着郑成斌的背影，脑子里过电影一般闪现十几年来相处的点滴幸福，她以为自己多多少少会难过，可能不可避免地还会哭吧。然而都没有，陈米仁像目送一个陌生人离开一样目送着自己十几年来的爱人离开。不痛苦，因此不留恋；不留恋，因此无力争取，因为她还交出了心理上的痛觉啊。

而哪一份爱里会没有痛苦呢？

活下去，没有痛苦，保护不了自己，也不会再爱，更没有人会因为爱而记住自己活下去。后悔吗？陈米仁问自己。

她的脸上凉凉的。

想爱几分是几分

“公平原则强调在市场经济中，对任何经营者都只能以市场交易规则为准则，享受公平合理的对待，既不享有任何特权，也不履行任何不公平的义务，权利与义务相一致……”

朱紫黛一边背《民法》的公平原则，一边叹气。边上的陈敬凯问她：“怎么了？又想男朋友了？”朱紫黛笑了：“是啊，如果爱情也讲公平原则就好了，权利和义务相一致，我就不会那么命苦啦。”

高中毕业后，朱紫黛和周时逸就开始了异地恋，两人相距一千多公里。

所有的异地恋都是相似的。

开始的确是缱绻的，每天几百条的微信，朋友圈里的甜蜜互动，打到没电的手机，快递的惊喜，看周时逸城市的天气预报，想象远方的风曾经吹过他的发梢，站在风里一阵怅然的柔情满溢……哈，怎么会有人坚持不了异地恋呢？朱紫黛想，避免了现实生活的摩擦和龃龉，其中自有清爽纯粹的隐秘温暖啊。

然后开始慢慢习惯，每天定时的联系近乎上课点到，看到校园拥吻的情侣会低头快步离开现场，思念囤积让胸口发紧，皮肤饥渴干燥，触手即有火花，但再多温柔的话语也只是话语而已。说也好，听也好，都因为空间距离自然而然地蒙上一层虚假的膜。哦，朱紫黛有点明白了，原来深爱一个在远方的人，像看对面楼房阳台上的风景，看得到，摸不着，有着无从言说的寂寞和无力。

再接下来是疑窦丛生，为什么周时逸没有第一时间回微信，为什么他深夜还没有回寝室，为什么他的声音那么疲惫倦怠，为什么他身边没有我却还笑得那么开心……于是不可避免地误会、猜疑、争吵。太多疑惑，太少解释；太多解释，太少理解；太多理解，太少信任。耳鬓厮磨，一起做一些有意义或无意义的事情，消磨和占据彼此的时间，是恋爱必需的部分。何况人是需要当面交流的动物，表情、语气、肢体接触，都是交流中不可缺少的部分。异地恋的反人性就在于此，不在身边的爱人，像牙齿掉落后留下的空洞，让人总是忍不住舔一舔，但舔到的无非还是一个洞，爱到后来，天天都像在挨。

终于，又一次狠狠吵完一架，朱紫黛精疲力竭地问：“是不是应该分手了？”

周时逸那边沉默很久，说：“我也不知道。”

挂了电话，朱紫黛哭着给陈敬凯发微信：“又大吵了一架。是不是到了应该分手的时候了？三年多的感情，难道就这样不明不白地结束吗？”

陈敬凯回复她：“就算注定是要死，三年多的感情也配得上风光大葬吧。”

朱紫黛被这句话鼓舞，决定了，不管是分手还是继续，首先必须要见到周时逸才行。她算了算打工存下的钱，又向陈敬凯借了点钱，总算可以支撑跑一趟来回，可是买机票的时候，她又踌躇了：为什么是自己，而不是周时逸，要跑这一趟呢？

朱紫黛想，答案其实显而易见，因为她爱得更多一些，所以就活该倒霉。

朱紫黛想到当年高二的运动会入场式，她坐在主席台上播音，几百人穿着校服的队伍里，她一眼就看到了周时逸，看到就忍不住想笑，花了好大力气才压住声音里的笑意。那一刻朱紫黛就明白，完了，她爱上周时逸了，她已经被自己的热情拖累陷落，早早把一颗心交出去了。好在后来周时逸也看到了她，爱上了她。然而爱情里多少带着点类似战斗的角力，哪个先爱、哪个更爱、哪个更在乎，哪个就自然地更被动、更弱势、更无可奈何。

真是没有办法啊，朱紫黛想，爱得更多的那个人就是可怜的乙方，所有情绪、行为，都由爱得更少的那个人轻易把玩。如果爱情里有个开关，可以随意控制投入的量就好了。她一边想，一边还是认命地买好了机票。

终于到了去见周时逸的那天，打包的时候朱紫黛仍然不知道，自己是去说再见的，还是去谈如何继续的。她一脸茫然，尴尬地到了机场，谁知道机场的人说因为机票超售，只剩下最后一个位置了，必须由她和另一个同时办理登机的女孩商量谁改签。

女孩正要开口，朱紫黛叹口气说：“我不急的，你先飞吧。”

女孩笑笑：“我也不急的，你先飞吧。”

互相谦让了两个回合，女孩说：“我们石头剪刀布吧，三局两胜。”

朱紫黛胜了，正要打印机票，又后悔了：“还是你先飞吧。”

女孩好奇了：“为什么呢？明明你赢了。”

朱紫黛说：“我要去见个人，晚点见也无所谓的。”

女孩更好奇了：“飞那么远的距离去见一个人，怎么会晚点见也无所谓呢？”

朱紫黛忍不住说：“可能是去说再见的，早点晚点，都是再见。你先飞吧。”

女孩点点头，办好了登机手续。

朱紫黛改签成了五个小时后的机票，坐在椅子上发呆。

女孩走过来说：“谢谢你让给我机票啊。只是……既然愿意飞那么远去见他，为什么要说再见呢？”

朱紫黛看看女孩，眼神晶莹闪烁，没有恶意，聊聊就聊聊吧：“因为异地恋啊，实在坚持不下去了。”

女孩很了解的模样：“哦，那是比较累。你肯定还舍不得他，所以要当面说再见。”

朱紫黛点点头：“是啊，我爱得比较多，大概是爱得太多了，才坚持不下去了。”

女孩说：“真复杂啊，爱得少点儿反而能坚持吗？”

朱紫黛想了想："大概是吧，少很多患得患失，少很多在乎，说不定反而能坚持了。"

女孩拉着朱紫黛的手："那我就让你可以控制爱的量吧，你只要看到你爱的人，就能看到你和他之间爱的比例，你想调到几分就几分，这样也许就不用分手啦。不过——师父说过，我的魔法都是有'不过'的，可我偏偏不知道这个魔法的'不过'在哪里呢。"

这时机场开始播报登机信息，女孩急匆匆走了，朱紫黛呆呆地看着她的背影，自然没有当真。

然而是真的。

下了飞机，见到周时逸的第一眼，朱紫黛就看到他脑袋上空悬了一个浅红色的标尺，有点像网游的血值，标尺分十格，有四格是满的，六格是空的。朱紫黛定定神，掏出镜子看看自己，脑袋上空也悬了一个浅红色的标尺，有七格是满的。

啊，真的啊，他果然爱得比我少很多。他爱了四分，我爱了七分，多爱了三分，我就惨了那么多。朱紫黛还在走神，周时逸已经接过了她的行李，两人默默无语地走去地铁站。

"我没有想到你真的会来。"周时逸说。

朱紫黛听着他的语气，里面的温度有限，让她觉得寂寞而委屈，她忍不住伸出手，把他头上那个标尺拨了一拨，现在，有五格是满的了。

"不过你来，我真的很开心，这几天我经常想你。"周时逸说着，拉住了朱紫黛的手。

效果简直立竿见影啊。朱紫黛的心里突然就轻松了一点点，她拉着周时逸的手，回想这几年的恋爱中，因为比他多爱了三分，周时逸曾经有意无意加诸自己身上，无处不在如毛刺一般令她失望的细节，突然有了一种类似怨恨的感觉——原来一直以来，他都不过是仗着自己爱得更多一点啊。

朱紫黛摸了摸周时逸的头发，索性把标尺又拨了三格，现在，有八格是满的了。

“你的手怎么这么凉啊？”周时逸摘了自己的围巾缠到朱紫黛脖子上，“总是穿那么少，永远都让我担心。”声音里的宠溺让朱紫黛既开心又失落：原来被爱是这样的，以往他也爱着自己，但用心多少是看得出来的，只是当初她爱得更多，明知道真相也顾不上计较。三年多了，恋爱了三年多了，今天才明白，被爱得更多是这样的，当初他被自己爱得更多的时候，也一样过瘾吧。

掐头去尾的，他们相处了四天，这四天里，朱紫黛忍不住把周时逸的标尺拨到了满格。周时逸对朱紫黛自然非常用心，他重新发现了朱紫黛的重要性，每时每刻都恨不得黏在她身边。分手，谈都不要谈了，周时逸认真反省着自己在感情里的不够努力，开始规划如何多见见朱紫黛，他看朱紫黛的眼神里有着她以前没有见过的热情，朱紫黛明白的，那是真正爱着的人才有的燃烧的目光。她一边心安理得地享用复仇般的快感，一边觉得内心凉飕飕的，产生了难以名状的分裂感。

离开那天，周时逸送朱紫黛去机场，朱紫黛要进安检了，周时逸忍不住抱着她，把头埋到她头发里："你辛苦了，以后我多跑跑。我爱你。"

朱紫黛在周时逸的怀里一阵恍惚，她带着柔情和怜悯享受着这个拥抱。易地而处，她理解了，原来爱得少一点的那个，的确享受，的确轻松，却少了那种因为缺乏安全感，因为悬而未决，因为幸福的可能性被对方操纵，而心怦怦跳着的悸动。她发现自己开始怀念那种悸动，但要她把自己的标尺拨多一点，又真的做不到。三年多了，做乙方三年多了，现在轮到她好好感受做甲方的滋味了。

回到学校，朱紫黛的心算是定下来了。周时逸开始还债一样补偿她三年多来的付出，他成了被动的、弱势的、无可奈何的那位。说实在的，朱紫黛开始佩服以往的周时逸了，爱得少一点，难免会对爱得多一点的那位腻烦。过多的无法回报的爱，像是被孩子塞过来了最心爱的玩具，感动是感动，快乐是快乐，然而不需要，并且会因为清楚这种不需要而觉得内疚，简直是种温柔的要挟。

与此同时，朱紫黛在校广播台遇到了吴仁辉。很俗套地，她发现自己喜欢上了吴仁辉，吴仁辉也喜欢自己。朱紫黛看得出来，喜欢，肯定还不是爱，不然为什么他头上还没有那个标尺呢？朱紫黛非常享受双方都默默开始喜欢的阶段，试探的、暧昧的、犹豫的，远处飘过来的雨云，让空气里隐约有了潮湿的气息，而一切还不确定，因此让她期待而又惶恐，产生了久违的悸动。

周时逸很快发现了朱紫黛的心猿意马，他风尘仆仆地杀过来找朱紫黛的时候，朱紫黛正和吴仁辉在教室里排练诗朗诵，是歌德的《钟情者的种种姿态》：“我愿做一条鱼 / 活泼的鲜鱼 / 你要是来钓鱼 / 就让你钓去 / 我愿做一条鱼 / 活泼的鲜鱼……”很缠绵的一首情诗，为了爱愿意在人世中轮回为各种动物的痴人说梦，两人一边念一边忍不住互相望着，周时逸推开门，看到他们的眼神时就明白了。

朱紫黛和周时逸在操场沉默着绕圈。

“为什么？”周时逸问。

朱紫黛不知道该怎么回答，她拉着周时逸的手，发现他的手在抖，心里一阵刺痛。她想她是爱他的啊，爱到了七分了，只是还不够爱，不够爱的话，就撑不过时间和空间，挡不住寂寞和新鲜。分手的话到底要怎么讲才能将伤害降到最低程度？

朱紫黛一狠心，把周时逸头上的标尺拨到了 0。

“我……”朱紫黛停下来，看着周时逸。

“我明白了。我们就这样吧。”周时逸忽然松开了朱紫黛的手，走了。

朱紫黛呆呆地站了一会儿，内心翻江倒海的是多年来沉甸甸的回忆，她知道自己快要感受到心痛了，赶紧拿出镜子，把自己头上的标尺也拨到了 0。药到病除，像是看了一场三年多的恋爱电影，看完了也就是看完了，“the end”的字幕亮起来了，带着一点留恋和更多的坦然、期待，可以看下一部了。

往后几年，类似的事情不断发生着，吴仁辉也好，接下来的曹晓明也好，再往下的刘明瑞也好，朱紫黛成了恋爱中的常胜将军。她当然也反复提醒过自己，不要轻易去拨弄爱的标尺，然而人有了这项魔法是很难忍住不用的，如果轻轻拨弄就能确保自己被爱得更多，实在没有哪个凡人可以抵挡这样的诱惑。只是，赢了又怎么样呢？无非是没有输而已，寂寞仍然是寂寞，起承转合得多了，所有情绪情景都似曾相识。有好几次，朱紫黛忍不住向陈敬凯抱怨：“恋爱怎么会这么无聊？接下来呢？还有什么新鲜的吗？还有什么是我无法料到的、没有心理准备？”

直到陈敬凯对她表白。朱紫黛真的吓了一跳，认识七八年了，他一直在她身边，她所有的恋爱和荒唐，他都是见证人。他什么时候开始喜欢自己的？

“第一眼啊，第一眼就开始喜欢了。”陈敬凯说。

“怎么可能？为什么？你搞错了吧。”朱紫黛傻了。

“哦，对，是搞错了，不是第一眼就开始喜欢了，是第一眼大概就爱上你了。哈哈哈，我特别蠢是吧，爱得太久了，忘记为什么了。”陈敬凯伸手帮朱紫黛捋了捋头发，“你这个傻姑娘，你难道不爱我吗？不爱我为什么总是在我身边晃悠？不爱我为什么和我说那么多心事，什么爱到几分是甲方，爱到几分就是乙方的屁话。”

朱紫黛定定地看着陈敬凯，不对啊，他头上没有那个标尺，可是他说得那么认真，不会有人那么认真来开这种玩笑吧。

朱紫黛咬咬牙，把自己当年在机场遇到那个神秘女孩，和后来发生的一切都对陈敬凯说了，说完问：“你信不信我真遇到过这事情？”

陈敬凯说：“我信，你没有骗过我。”

朱紫黛问:“你要是真的爱我,为什么头上没有那个标尺？”她拿出镜子照照自己,“还有，我也不爱你吧，不然为什么我头上也没有那个标尺。”

陈敬凯不由分说抱住了朱紫黛：“真的爱上了怎么会在乎谁爱得多谁爱得少。爱就是爱，不爱就是不爱，要在乎谁爱得多一点的根本就不是真的爱啊。那个女孩不知道的‘不过’我知道——不过真的爱，就是不会计较这些的。你那个魔法，在真的爱里，没有意义。”

囚云者

在遇到陈敬凯之前,方静芸一度以为自己恐怕不会结婚了。

方静芸是个美女,三十岁了,资深美女。因为是美女,又资深,所以方静芸谈了足够多的恋爱,未免太多了,她已经厌倦了那种几乎每段恋爱中都不可避免的漫长的暧昧期。

早个几年,方静芸还是相当享受那种暧昧期的。隔多长时间回微信,答应哪一次约会,怎样恰如其分地迟到几分钟,谈起什么话题的时候看着对方的眼睛,如何适时若有所思地沉默,并低头撩一下头发……

方静芸自以为强于此道,简直可以出一本约会宝典。但那又如何呢?

暧昧期的双方当然是喜欢彼此的,不然不至于如此费心计较却又不舍得抛开。但现代人么,遇到情感的第一反应,往往不是开心,而是怕,怕比对方认真,怕糊涂投入过多,怕一口气松了,兵败如山倒,像拔河一样,被对方轻松拔了过去,在这段感情里就此彻底落了下风。

类似的拔河,方静芸玩了很多次了,实在玩怕了,玩腻了,玩不动了。

说来说去，爱得那么小心谨慎，处处自保，无非还是不够爱而已。很多次了，棋逢对手，见招拆招，倒是热闹。但热闹过去了之后，方静芸却觉得心凉，在那种互为对手的关系中艰难地彼此走近的过程，实在太累了。

方静芸有时候会觉得很出戏，恨不得按个快进键，快快越过这一切耗费时间心力的互相试探，尽快老老实实地互相说一声：我认了，就是你了。

但就是遇不到。

方静芸每次回忆起和陈敬凯的相遇，都会忍不住笑。

那天阳光很好，没有风，深秋末尾难得的好天气。咖啡馆室外的桌子爆满，方静芸端着咖啡杯四处找座位，陈敬凯看到她，眼睛亮了，主动挪开摊了大半桌的书："坐这里吧，这里没人。"

方静芸感激地坐下，手忙脚乱地从包里拿电脑，一个失手，整杯美式咖啡倒了，陈敬凯的书和手机通通遭殃。

方静芸急得都快哭了，赶紧帮他收拾，书也就算了，手机当时就不行了。

"不好意思，我赔你吧。"

"没事的，注定的吧，大概是水逆吧。你知道水逆吗？说是会遇到前任、旅途不顺，以及电子产品出故障。"陈敬凯看着方静芸，说看着都有点不够了，是某种带着重量感的注视，一点没有生气的样子，相反，他是笑着的。

方静芸是星座迷，陈敬凯这么一说，她也眼睛一亮跟着开始胡扯。告别的时候，陈敬凯要她的手机号，她在纸上认真写好，交给他的时候，她忍不住抬头看了看天空，空中飘着一朵又一朵云彩，白而嫩得让她恨不能摘下来藏起来，以后可以拿出来看——“这是我和他遇见时见到的云彩。”她直觉，他们有着很多的以后，可以反复回忆最初遇见的以后。

“这云好看得让人想摘下来是不是？”陈敬凯说，“张爱玲写过一个故事，讲有人把云摘下来……”

就是这样认识的。

在爱情里，遇见的方式往往是有决定性的。

尽管老早过了被一片玫瑰花瓣遮住眼睛的年纪，女人么，在爱情里总会需要一点浪漫的因素，好像没有那点不现实主义的浪漫打底，爱情就来得不够分量。

一定要说浪漫么，当然也算不上特别浪漫，没有漫天花雨，没有流星划过，没有四目相对如遭雷击。

但是想想这个城市那么大，上千万人口，少说几百家咖啡馆，偏偏是这个下午，偏偏他们进了同一家咖啡馆，偏偏坐了同一张桌子，偏偏咖啡倒了……那么多的“偏偏”之后，证明了遇见的小概率，这种“原来你也在这里”的相遇，从一开始，就让方静芸对陈敬凯有了一种注定的感觉。

何况，陈敬凯是个让人非常舒服的男人，明朗、豁达、简单。

陈敬凯最让方静芸舒服的地方，就是他完全没有把她当对手的意思。方静芸开头还是习惯性地试探、暧昧、耍小脾气，后来她发现完全没有必要，陈敬凯提供的是一种毫无退路的热情和温柔，她发出的所有招式，都被他的耐心和包容统统接下。

陈敬凯遇到方静芸，像是一条小狗遇到了主人，就地躺下露出肚子来任由你摸，就是那样的毫无戒心与防备。

这种成人世界里久违了的真诚，让方静芸很快也放下了戒心。本来么，爱情哪里应该那么复杂，你喜欢我，我也喜欢你，男未婚，女未嫁，我们就该开开心心在一起。

“你为什么那么爱我呢？”有时候方静芸也会发痴，忍不住问陈敬凯。

“因为……因为爱你的样子啊。第一眼就爱。”

“你这个色狼。”

“嗷呜。”

三十岁了，谈了十几年的恋爱，方静芸第一次体会到爱里最可爱、最动人的部分，脱离了成人世界运行规则的付出欲，不为回报不为牵绊不为诱发内心愧疚或责任，只是单纯小猫小狗互相舔毛的那种亲昵、直觉、温柔、快乐。仔细回忆的话，这好像是她人生里，第一次如此毫不畏惧地爱上一个人。

偶尔，极其偶尔地，方静芸还是会有点怕，倒不是怕陈敬凯，而是不知道自己何德何能，居然能够遇到这样的一个人，能够遇到这样一份爱情，简直是凡人世界里的童话，不该发生却发生了。

可惜，什么东西如果好到不像是真的，往往就不是真的。

方静芸明白真相的时候，已经太迟太迟。

顺风顺水地恋爱了一年，双方父母都见过了，房子买好了，酒席定妥了，婚纱照拍完了，证也领了。

陈敬凯出差，方静芸向陈敬凯妈妈要了他公寓的钥匙，蚂蚁搬家一样地搬他的衣服去新房。搬着搬着，她看到一个抽屉，抽屉里全是照片和打印出来的聊天记录。

第一眼看到照片，方静芸就明白了。

照片上的陈敬凯身边总是有一个女人，那个女人长得和自己有七八分像。

方静芸发疯一样看了所有的聊天记录，有的是短信，有的是微信，有的是电子邮件，都被精心截图打印，按照时间顺序装订了。厚厚两叠，翻得久了，翻得多了，都卷边了。

方静芸看了一个下午，基本明白了来龙去脉。那个女的叫朱紫黛，是陈敬凯的大学同学，他们两个恋爱了很久，你侬我侬。

为什么会分手呢？方静芸一边看一边奇怪，他们的感情太好了，以一个旁观者的眼光看，完全没有理由分手。

看到最后知道了，最后的短信是朱紫黛发的：一会儿见。

陈敬凯在边上写着：2013 年 12 月 24 日晚 7 点 13 分，黛黛的最后一条短信，两分钟后，车祸。我们再也见不到了。

感情世界里，有一种对手是永远无法击败的：死去的前任。

死亡本身抹去了她可能存在的一切瑕疵，尤其又是死在热恋的时候，死亡避免了所有爱情最后不得不走向的平淡和琐碎。爱情这个东西，大致都是有着有效期的，再是热烈，再是汹涌，都会被时间和生活本身打磨、搓揉、剥落、变形。即便是最爱陈敬凯，也觉得被他深爱的时候，方静芸仍然有着隐隐的自觉：

这样的好日子是有期限的，但是既然那么好，管他呢，就先享受着吧。

然而，陈敬凯对于朱紫黛的爱，因为命运戛然而止，反而不会有尽头。而对自己的那种爱，呵呵，原来不过因为自己和朱紫黛相似，所以被他拿来，当作替代品而已。

方静芸终于知道陈敬凯第一眼看到自己时那种注视的分量了，他看着的是自己，看到的是她。所以他才会这样对她毫无保留，视若珍宝。他把她当另一个她，他没有骗她，他爱她，因为她有她的样子。

不明白的是为何人世间，总不能磨灭你的样子。

太过分了。

如果只是那种普普通通的，为了结婚而在一起谈的恋爱，也就算了；哪怕陈敬凯在半途中告诉她真相，给她一个选择的机会，也就算了；如果不是已经那样爱着陈敬凯，想象离开他就会全身疼痛，也就算了。

现在该怎么办呢？方静芸问自己。离开陈敬凯吗？离婚，找个随便什么人嫁掉，生孩子，发胖，学做菜，整天自拍，买包包，装作什么都没有发生地活下去，可以吗？

或者，装作什么都不知道，原谅他，反正不管怎么样，好歹最后和他天长地久、朝夕共对的是自己，至于他的爱，不管多少，不管真假，不要去贪，可以吗？

方静芸开了一瓶红酒，喝光了，踉踉跄跄地走到阳台上，抬头看天，天色灰暗，云层厚重，像是闪着寒光的盾牌，挡住她所有的祈求。这个世界，有天堂吗？有灵魂吗？朱紫黛会在天上看着他们吗？陈敬凯每次抬头看天的时候，想的是她吗？陈敬凯每次低头看自己的时候，想的也是她吗？以后自己每次抬头看天，想到的会是他，还是她呢？

不可以啊，好像怎么做都不可以呢。

方静芸发现自己已经坐在阳台栏杆上，只要往前倾一下就可以了，松开手而已，一切无解的都有了彻底的了结。陈敬凯会怎么样呢？他不是个坏人，他恰恰是一个多情的、温柔的好人，正因为是好人，所以才会爱得如此绵延，爱到不惜自欺欺人。所以，如果自己因为他的欺骗死了，他一定会非常难过、后悔、愧疚。她的死亡会是击倒他的最后一根稻草吗？或者，他会惩罚自己万念俱灰地活下去吗？她和朱紫黛，会不会因为死亡而在他心里彻底平等了呢？好像这样，倒不是不可以呢。

方静芸见过自杀的人，不是跳楼死的，是上吊死的。那时候她七岁，在湖边的公园里玩，看到大家围着一棵树，她也过去看，树上吊着一个人。

那棵树很矮，吊死的那个人是蹲着的，只要中途后悔，伸直腿就可以活下来了，然而他还是选择死掉。这是方静芸第一次看到自杀死的人，她很长一段时间都不明白，人要遇到什么样的事情，才会如此坚定，毫不痛惜地结束自己的生命。

现在她有点明白了，因为活下去，也就只是活着而已，看不到生活变得更好的可能性，好像只会越来越糟，风一吹，她觉得自己摇摇欲坠。

她松了手。

方静芸在半空中被一个年轻男人抱着，飞回阳台上。

“死都不怕，还是和我谈个交易吧。”

方静芸出了一身汗，酒意都过去了，她探头看看脚下，一阵后怕：“你是什么？神仙还是妖怪？”

“太开心了，第一次有人猜到我的身份啊，在下正是妖怪。”男人得意地笑了，“我说，拿性命去惩罚他人，是很不值当的事情哦，你想过你父母吗？而且跳楼诶，会死得很难看的。你那么好看，太可惜了。”

方静芸其实刚松手就后悔了，可是跳楼这种死法，本来是毫无后悔的余地的，她是真没有想到自己会遇到妖怪。

活下来了，她踩着地，觉得心里很踏实，可是，怎么活下去呢？一想到陈敬凯，她觉得心脏每分每秒都像被钝钝的刀割着，要割到什么时候呢？等陈敬凯回来，她到底要怎么面对他？

“所以需要和我交易啊。放心吧，没事的，我是有名的‘没事妖怪’啊，公平交易，童叟无欺。”

“怎么个交易法？你要什么？”

“我要你爱的勇气。”

“你给我什么呢？”

“PLAN A，我帮你抹掉你知道真相的记忆，你就可以继续开开心心过下去；PLAN B，我帮你倒转时光，回到认识陈敬凯的那个下午，你完全可以不认识他。随你选。”

方静芸想了想，她不愿意做鸵鸟，不愿意做朱紫黛的影子，她说："我选 B。"

时间的齿轮往回转动，她回到了一年前的那个下午。

阳光很好，没有风，深秋末尾难得的好天气。咖啡馆室外的桌子爆满，方静芸端着咖啡杯四处找座位，她看到了陈敬凯。她想避开的，但是忽然，她明白了，避开他又怎么样呢？她已经没有勇气再爱了，对未来的她来说，所有相遇的可能性都已经失去了意义。

方静芸抬头看天，空中飘着一朵又一朵云彩，像她见过的那样，白而嫩。这一朵云彩，和那一朵云彩，又有什么区别？都是抓不住的。

这时陈敬凯看到了方静芸，眼睛一亮："坐这里吧，这里没人。"

方静芸看看云，又看看陈敬凯，她清脆地、小声地笑了："今天天气可真好。"

陈敬凯也抬头看看云彩："是啊，这云真好看。"

方静芸把手上的东西放到陈敬凯桌子上："真想摘下来装起来，对不对？"

陈敬凯笑了："拿什么装？也是坛子？"

方静芸坐在陈敬凯身边，撩了撩头发："为什么说也是坛子？"

陈敬凯眼神定定地看着她，解释说："张爱玲写过一个人，逛了庐山回来，带了几只坛子，里面装满了庐山驰名天下的云，准备随时放一点出来点缀他的花园。"

“后来呢？”

“后来……就是这么个故事，没有什么后来。”

其实这个故事，方静芸知道的，一年前的陈敬凯讲给她听过，后来张爱玲写：“为了爱而结婚的人，不是和把云装在坛子里的人一样傻么？”原来他老早就警告过她了，只是她那时候完全不明白而已。

一年后，陈敬凯和方静芸结婚了。他们的婚礼办得很体面，宾主尽欢。

司仪问新郎：“这么漂亮的新娘子，你是怎么追到的？”

陈敬凯说：“不要脸呗，被甩了还是穷追猛打。她啊，和天上的云彩似的，飘来飘去，可难追了。”

大家都笑了，方静芸笑得最开心。

司仪又问：“你最爱新娘什么？”

陈敬凯左手紧紧抓着方静芸的右手，放到自己胸口，转头看着方静芸说：“爱她的样子，永远看不腻她的样子。”

方静芸看着他的眼睛，笑得眼泪都快出来了。

她想，“没事妖怪”真是个坏蛋呢，当时怎么不提醒她，早知道就还是选 PLAN A 的，至少不明白的她，会比较快乐。

一旦没有了爱的勇气，何必知道爱的真相。

后　记

终于出了人生中第一本书。

像为了玩具闹了很久的孩子，真拿到玩具的时候，还在哇哇哭，紧紧抓在手里仍有着恍惚的不真实感。接下来才开始喜悦，咧开嘴大笑那种，我都忘了上一次这么开心是什么时候了。我无法准确描述这种感觉，有得偿所愿，有怅然若失，也有自豪骄傲。明知道这本书并不会改变什么，但生而为人，有这样的感受就是好的，就是值得的。

这是一本讲爱情的书。

爱是什么？为什么爱？如何去爱？每一个故事里，都有我的一个回答。

书里有的人爱了可以爱的人，有的人爱了不该爱的人。写到能够从不应该的爱里抽身的人，我敬重他们的理性、自律和高贵；写到那些没有做到的人，我剖析他们，也怜悯他们。

爱情恐怕从来都不是可以百分百正确的东西。贪嗔痴，求不得，怨憎会，爱别离，人性有多复杂，爱情就有多盲目。在我看来，写作和阅读的一大作用，就是加深对于人性的理解和宽容，哪怕是做错了事、爱错了人的人，也有他们可怜的部分，未必要原谅他们，但可以从他们身上观照自己的弱点。

书里有在一起的爱情，有不在一起的爱情。我不愿说前者就是成功的，后者就是失败的，在我看，真诚投入过的爱情就是成功的，否则就是失败的。这是唯一标准，没有其他。

真诚投入的爱未必会被珍惜，但要谈性价比的话，认真的人才是赚到的，付出时是真的，得到也全以为是真的，这样才有真快乐。在爱中都三心二意充满算计的人，可能会觉得自己聪明能干，占尽便宜，可是逢场作戏浪费时间情感，内心却不能体会多少真的快乐满足，究竟算赢得了什么呢？

书里有年轻的爱情，也有人到中年的爱情。写到前者，就回忆起自己的少年心气，胸前一个“勇”字往前冲，无论多痛苦都不肯放手，很长一段时间都无法分清自己究竟留恋的是爱，还是爱而不得的痛苦。写到后者，是身在此山中的混沌，已经没有非要做到的事情、非要明白的道理、非要得到的人，然而越是这样，越是珍惜那种转瞬即逝的渴望。那种能够刺破外壳的针，带来痛也带来生的感觉。每一枚针都难能可贵，是游戏的隐藏关卡。

人生每个阶段对于爱的理解都是不一样的。年轻的爱欲是深不见底的水域，有惊无险地游到对岸，回望时才会发现对险些杀死自己的漩涡也抱有柔情；无数被波浪上闪过的光亮吸引、忘却趋利避害本性的瞬间，那些光亮未必来自他人，而是来自自己内心燃烧的火。中年的爱欲则像围坐余烬取暖，两双手同时伸向同一团火，不需要多说什么，已经明白该刹那的存在便可以算是永恒的一部分。

希望这些故事，这些回答，有一部分可以抵达你们的心。

写这些故事，是为了给自己的梦想一个交代。

我是个理性的人，过得循规蹈矩，将人生目标罗列成表格，在规定时间内做到规定动作，完成一项勾掉一项。

很多年都是这样过的，和大多数人走在一起，不超前也不掉队，少一些惊喜，但很安全。为了这种安全感，我逼迫自己忘记了少年时的梦想。

但一年中总有几天，心里会升起某种类似要写诗、买醉、毫无来由大哭一场、全盘放弃的崩盘情绪，那种时刻我明白，不管我怎么用轻视、嘲笑、背叛来对待曾经的梦想，梦想之所以是梦想，就在于它难以掐灭，无法遗忘。

我的梦想是什么呢？是写作。

这是小学四年级第一次看安徒生《海的女儿》，边看边哭时，就开始做的一个梦。为了这个梦想，我在大学里努力过，失败了，刚毕业那几年也努力过，又失败了。

每个和我一样平凡地生活着的人，都曾经在人生中有过不平凡的梦吧。肯定有那么一段时光，我们期待并相信自己终将成为与众不同的人。

而天大地大，时间最大，经过若干次失败，我们迟早都会对命运低下头，接受能够拿在手上的就是最好的，接受自己的平凡，接受梦想遥不可及，因此还不如直接放弃。

因为不放弃，只会让自己痛苦。

时间嘀嘀嗒嗒地走着，每天在一样的生活里重复，我试图沉溺于吃喝玩乐的快乐。那些快乐不是不好，不是没有价值，但它们不够，它们让我心慌，让我不安，让我不停害怕：一生不过几万天，我的人生，就是这样了吗？

我终于发现放弃是更痛苦的。

于是在失败了无数回之后，我又咬牙开始写了，就算不是这块料我也认了，我就是想写作，就算写得不好也没关系，我还是想要努力试试看。失败了怕什么呢，又不是没有失败过。

我写得很辛苦，每一笔都在追问自己：这一切有什么意义呢？我能写出什么与众不同的东西来吗？我的努力是不是只会证明自己的无能？

这三个问题带来的绝望感和虚无感在我的写作中几乎一直存在。而我用以与之对抗的是另外三个问题：我的梦想究竟是什么？我为之做了什么？我全力以赴了吗？

开始写作时并没有多少读者，这几乎是一次毫无胜算的孤身作战，我是咕嘟嘟冒着傻气把这些故事写完的。

所谓傻气，首先是对于爱情的傻。我用笔下的人物投入一次又一次明知没有结果的爱情，我偏爱知道可以用技巧去俘获人心却不屑于用的角色，我总觉得在爱情里愿意傻是对自己的报偿，无情人世，有情皆傻，不傻老羸又怎么样了。

其次是对于写作的傻。我是个天赋很有限的人，不敢依靠所谓灵感，几乎每一天都把自己按在书桌边，哪怕写不出一个字也要求自己坐够时间，强迫自己培养关于写作的身体记忆，任由自己长时间地魂不守舍。

朱淑真写过“添得情怀转萧索，始知伶俐不如痴”，大概就是这种痴痴的傻气成全了我，这一次，我终于坚持了下来。

这本书，是这份冒着傻气的坚持的一个见证。

最后，是我真诚的感谢。

感谢豆瓣阅读和广西师范大学出版社，让这本书得以存在。

感谢秦岚的沃星影业公司购买了《不过神仙和没事妖怪》的影视改编权，我参与了网剧的剧本撰写工作。感谢秦岚、张思聪、王丹、张栋、丛雨辰，期待网剧能尽快和大家见面。

感谢家人，没有你们的理解和支持，我不会有时间和勇气去任性地做自己想做的事情。

感谢朋友们的鼓励和帮助，陈苍苍、方悄悄、蔡春猪、庄雅婷、史航、邓安庆、挖海龟、老鱼、尹丹、张挺、胡吗个、胡小鹿、陶然、徐磊、叶琳、胡赟、骆琳、汤佳骏、鲍丽芳、蒋瞰、刘竞恺、车轶群（排名不分前后，肯定还有漏了的，请原谅），你们有的拔刀相助帮我做宣传，有的听我倾诉帮我克服写作时的挫败感，你们帮助我完成了这本书。

感谢读者们的阅读和评论，故事是在送达你们这里时才真正存活的，希望这些故事能让你们觉得阅读时耗费的时间并没有完全浪费。

如果有情感困惑，欢迎给我的公众号“不过神仙和没事妖怪”发私信，我将力所能及地倾听和回复。

希望这段旅程才刚刚开始，期待未来的路上仍然能遇见你们。

愿我们一辈子都会爱、敢爱并被爱。

愿我们都能全力以赴，都能保留一份傻气，都能给自己的梦想一个交代。